感官描寫學作文

韋婭 著

新雅文化事業有限公司
www.sunya.com.hk

目　錄

作者的話 4

什麼是感官描寫？ 6

如何使用這本書？ 8

第一部分 視覺描寫

什麼是視覺描寫？ 10
1. 顏色 12
2. 形態 14
3. 線條 16
4. 質感 18
5. 空間 20
示範文章 22
練習 30

第二部分 聽覺描寫

什麼是聽覺描寫？ 34
1. 自然界的聲音 36
2. 城市環境的聲音 38
3. 動物發出的聲音 40
4. 人群發出的聲音 42
示範文章 44
練習 52

第三部分 嗅覺描寫

什麼是嗅覺描寫？ 56
1. 食物的氣味 58
2. 環境的氣味 60
3. 動物的氣味 62

4. 令人反應各異的氣味 64

示範文章 66

練習 74

什麼是味覺描寫？ 78

**第四部分
味覺描寫**

1. 餐桌上的味道 80

2. 街邊小食的味道 82

3. 自然界滋長的味道 84

4. 生活中特殊的味道 86

示範文章 88

練習 96

什麼是觸覺描寫？ 100

**第五部分
觸覺描寫**

1. 對溫度的觸覺 102

2. 對質感的觸覺 104

3. 對力度的觸覺 106

4. 心理與觸覺 108

示範文章 110

練習 118

如何靈活運用五感？ 122

**第六部分
綜合五感**

示範文章 124

練習 136

延伸學習

什麼是通感？ 139

名作仿寫 140

作者的話

親愛的小讀者：

當我拿起筆寫這本書的時候，我的眼前出現了一雙矇矓的眼睛——那是你。我聽見你在問：韋婭你是怎麼寫出那些美妙的語句的？你是怎麼寫出那些充滿想像力的獲獎作品的？

我的腦子裏飛過一些畫面，一些如詩如畫的場景。我總在想，生活中充滿詩情畫意，到處有快樂有希望，我常常沉浸在美好的想像中，而它們又會化成我筆下的文字。

你的眼睛忽閃了一下：為什麼我卻沒看見，發現不了、感受不到呢？中文老師布置我們寫記敘文、寫描寫文，可是，我握着筆坐在課堂裏，紙上掘不出幾行字，唉，真的很煩惱……

哦，我笑了。很明白你的心境，也很理解你的處境。我想起了自己小時候的故事，那時我也坐在課堂上寫，也有咬着筆頭苦苦思索的時候。那會兒，我知道老師並不是在訓練班上的小朋友將來去當作家，而是讓我們用心去琢磨一下，如何才會講話，會表達，當然也要會書寫。我多麼想自己會表達、善書寫啊，多麼想自己能自信地說話，

談吐行雲流水般自如啊。其實語言能力是與一個人的想像力密切相關的！

　　想像力？每一個人都有嗎？我有嗎——你的眼睛亮了。

　　當然有。人的想像力像一個害羞的小朋友，它會躲在你心靈的某一個角落裏，有點兒苦悶，有點兒委屈……當你引領它出來的時候，它是多歡喜啊，而你更是開心雀躍，因為你由此而獲得了某種力量——那是令人驚訝的創造力喔！

　　你開心了——原來，美好的文字裏，果真隱藏着某一種神秘的力量，它是一種技巧、一種本領，它早已蟄伏於我們的內心深處，只是我們不知不曉。

　　釋放自己的想像力吧，透過我們的感官——你的視覺、聽覺、嗅覺、味覺和觸覺，釋放它們。無論是講故事，還是寫作文，其實你本已處於釋放自己的想像力、躍進自己的創造力的過程中！只是你不知道，若是自覺地去習練和思考，你的寫作能力會突飛猛進，因為，想像力本來就是你心靈的一部分！

　　現在，讓我們進入感官的世界吧！

韋婭

5

什麼是感官描寫？

　　感官，即是指我們的**感覺器官**。人是依靠自己的感覺器官來探索這個身外的大千世界，來與之互動的。

　　人有**五種**感官。我們**眼**之所觀的，叫**視覺**；**耳**之能聽的，叫**聽覺**；**舌頭**能感的叫**味覺**；**鼻子**能聞的，叫**嗅覺**；**皮膚**能感的，叫**觸覺**。

樂意分享寫作經驗的
大作家

那麼，**感官描寫**又指什麼呢？
感官描寫指的就是我們對**所見**、**所聽**、**所嗅**、**所嘗**以及**所碰觸**的各種事物，作出的反應以及表達出的感受，**以語言的形式表達出來。**

咦？我們身外的這個世界是什麼樣子的，可以拍照嘛，那不就一目了然了嗎？

可是拍照只能看到外觀的模樣啊！

那我們可以走近它並擁抱它，不就感受到了嗎？

可是，並不是所有的事物和景物，都可以抱入你的懷中呀！

哦⋯⋯我明白了！
我們的每一種身體器官，都只有其中的一種功能。而文字語言，能透過我們的感知力和想像力，將我們的所見所聞、我們對身外世界的感受，以聯想的方式，透過感官描寫傳遞出來。

想要提升作文能力的
小問號

　　文字，多麼奇特的工具，無可替代地將這大千世界的所有動人心魂的美好，以你自己的敘述方式展示給所有的人，你可以讓看到你文字的人，與你產生共鳴。

　　你看，講台前的老師正在叮嚀：寫「記敘文」呀，記得用感官描寫來展示具體的情節哦！

　　你聽，老師又在說：寫「描寫文」時，你們要注意，如何巧妙地運用感官描寫的手法啊！

　　原來，在記敘文和描寫文的寫作中，我們最常用的手法，就是感官描寫！若想筆下生輝，便需要運用感官描寫！

如何使用這本書？

　　本書教授作文技巧中的**視覺**、**聽覺**、**嗅覺**、**味覺**、**觸覺**五種感官描寫手法。以**大作家**和**小問號**兩位角色的問與答，詳細講解每一種感官描寫手法。通過**寫作示範**，循序漸進地掌握**感官句式**及**感官詞語**。再以**描寫文**和**記敍文**兩種小學階段最常見的文類，示範如何在作文中靈活運用感官描寫手法。

　　書中每一個示範部分都特別標注出與教學內容相應的感官描寫手法的語句，方便你參考學習。每一種感官描寫手法都附帶練習，你可以在完成學習後馬上實踐所學，將感官描寫應用到作文中。

　　當你把五種感官都掌握了之後，就可以將五感融合，在作文時靈活地運用感官描寫的手法。你的作文思路會更加開闊，詞句表達也會更加優美，能輕鬆寫出好文章。

第一部分

視覺描寫

什麼是視覺描寫？

視覺，當然是指**眼之所觀**。將觀察到的一切寫出來，就是視覺描寫。

可是，我們眼裏所看到的畫面，很廣闊呀，該怎樣去落筆呢？

我想，這就牽涉到「技巧」二字了。得先考慮：想寫什麼？想表現什麼？

這⋯⋯對了，我們老師布置了一個作文題，叫《夏日海灘》！

拿到這個題目，你會想到夏日，想到海邊，還有呢？

好多人、沙灘、海浪⋯⋯

再細細觀察，海灘上的人，有游泳的，有曬太陽的，有玩耍的孩子，有聊天的大人。順着海灘向遠眺望，那是無垠的碧藍大海，有海浪、飛鳥，還有，海灘旁的礁石，以及不遠處的小船……你視線裏的一切，都可以成為你視覺描寫的元素。要點在於你的視線所及之重點在哪裏。

哦，真有趣！請問究竟有哪些內容，屬於視覺描寫範疇呢？

一般來說，我們可以將視覺描寫歸納為以下五個基本方面。

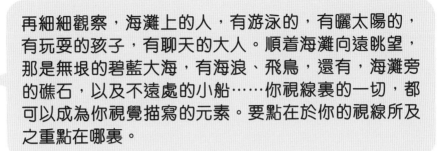

視覺描寫五方面

1. **顏色**：指紅、橙、黃、綠、藍、靛、紫等色彩。
2. **形態**：是指事物的外形和狀態，指它的樣貌。
3. **線條**：點與點能連成線，線與線能組合成萬千圖案。
4. **質感**：是指事物的表面粗糙、平滑、柔軟、凹凸等。
5. **空間**：指事物存在的範圍。

要注意，並非所有的元素都會一併出現在文章中，我們要根據作文的內容合理地運用視覺描寫。

1. 顏色

這世界的色彩極其豐富，我們常聽說「紅、橙、黃、綠、藍、靛、紫」的說法，這便是顏色的基本元素。其實，每一種顏色還可以分出無數的層次！比如紅色，有淺紅、深紅；綠色，有翠綠、墨綠，這些也稱為顏色詞。我們身處的大千世界的色彩之美，真是燦爛得無以言表呢！

寫作示範 1

秋日

　　秋天來了，果實纍纍的園子裏，一片燦然。那紅豔豔的蘋果，就像小太陽，沉甸甸地懸在枝頭；那紫色的葡萄，成串成串的，宛如一顆顆晶瑩剔透的珍珠；而黃澄澄的梨子呢，宛如一盞盞小燈籠，誘人地掛在樹上。

　　秋風快樂地穿過園子，拂過田野。目光所及，到處都是盛開着的野菊花！紅的似旌旗搖曳；粉的如西天吐霞；那金燦燦的，就像夕陽餘輝，那白皚皚的，恰似遠山積雪！

　　哦，這是豐盛的秋天啊，令人好不喜歡，好不激動！

句式對比

一般句式：一串串葡萄像珍珠。

感官句式：紫色的葡萄一串串，宛如晶瑩剔透的珍珠。

感官詞語

紅豔豔、黃澄澄、白皚皚、金燦燦

媽媽的廚藝

你猜，生日會最棒的是什麼？

是一桌色彩斑斕的菜餚！

媽媽為了我的生日，真是用上十八般武藝了。你看，白色的甜湯、啡色的茶、醬色的紅燒肉、淡綠色的牛油果。那紅色的是茄汁魚，翠綠色的是西蘭花。還有白色的冬瓜和竹筍、墨綠色的海帶和紫菜……

色香味俱全，媽媽！我不由得讚歎。

媽媽笑而不語。她把蔬果沙律端放在我面前——這是我的最愛。紅草莓、紫葡萄、綠豌豆、黃玉米……我不禁心頭一顫。媽媽給我的，是一份滿滿的對孩子的愛啊！

句式對比

一般句式：媽媽做的菜真好吃啊！

感官句式：媽媽做了一桌五顏六色的佳餚，美味極了！

感官詞語

醬色、翠綠、墨綠、色彩斑斕

2. 形態

形態的近義詞：形式、形狀、樣子、樣式、狀態。

形態是指事物存在的狀態，這種狀態是可以透過我們的感知來把握、來理解的。比如：「河水靜靜地流着。」這就是一種狀態的描述，是河水在我們視覺裏的表現形態。

寫作示範 1

雲在天上遊走

看啊，雲在天上遊走，一會兒變長，就像姐姐長裙上的飄帶；一會兒變圓，好似漂亮的環形摩天輪。雲啊雲，是什麼神奇的力量將你揉搓？為什麼你總是這般瞬息萬變，令人神往？

媽媽說，雲是姥姥門前的風鈴，叮叮噹噹唱着歌；爸爸說，雲是爺爺白色的鬍鬚，想跟兒孫講遠古的故事；姊姊說，雲是嫦娥思鄉的寄托，每一道雲彩都是一個舞步，想來人間走一走。

我連忙擺手笑，不不不，雲在天上遊走，它是來自天外的飛船，向地球致以親切的問候。

句式對比

一般句式：雲在天上飄浮。

感官句式：像飄帶似的白雲飄浮在天空上。

感官詞語

飄帶、風鈴、變化多端、瞬息萬變

在海邊

你說，海是藍色的；我說，海是透明的。海水捧在手上，像一汪清泉；撒向天空，如冰涼的露珠。那些飄散的小水點啊，落在媽媽的髮髻上，就像綴上了銀亮亮的珍珠，多麼漂亮啊，媽媽！

那兒有一隻小船，被風的咳嗽聲，嚇了一跳。它彈了一彈，又閃了一閃，想逃出繩纜。

看啊，西斜的太陽，把我的影子拽得又細又長。我光着小腳丫踩在沙灘上，沾滿了細細的沙土。

媽媽，今晚的夢中，我會乘一艘小船兒，飛去天邊嗎？

句式對比

一般句式：小水點落在媽媽的髮髻上。

感官句式：小水點像銀亮亮的珍珠綴在了媽媽的
　　　　　髮髻上。

感官詞語

飄散、珍珠、纖細、又細又長

3. 線條

我們知道，點與點相連就形成了線。不止在繪畫裏有勾勒輪廓的粗細線條，在我們生活的周遭，到處都有線條的存在。例如：大樹的枝椏、石板路的紋理，還有建築時搭建的棚架等等，不勝枚舉，它們構成了物體的外部邊界和輪廓。

寫作示範 1

如夢似幻的燈光

我站在海邊，靜靜地期待着那美輪美奐的燈光匯演時刻。夕陽西下。忽地，天空中閃現出五彩燈海，激動人心的樂聲奏響了！

哦，這就是聞名遐邇的「幻彩詠香江」啊！看吧，維多利亞港兩岸巍峨的樓宇羣落，瞬時間化作聲光交織的巨大舞台。燈光如魔似幻，以線條在空中組成攝人心魂的城市天際線。音樂聲如泣如訴，蕩氣迴腸，描繪着一座英雄城市的完美輪廓。

啊，這美妙的燈光，繽紛燦爛，如夢似幻。

句式對比
一般句式：燈光組成城市天際線。
感官句式：燈光的線條直射天空，組成攝人心魂的完美天際線。

感官詞語
巍峨、交織、輪廓、天際線

颱風就要來臨

太陽不見了，颱風就要來臨！

人羣開始不安。匆匆的腳步，一個接一個；疾疾的車流，一趟連一趟。老樹上的綠葉子你推我搡地打鬧着；花圃裏的草葉們拍着手掌，對不期而至的風先生充滿好奇；只有路邊高高的電纜在提心吊膽，小心翼翼地注視着烏雲滾滾的遠天。

老舖子豎起了大門板，銀行大廈合上了鐵閘；那戲院的舞台正徐徐落幕，校園裏的學生像驚慌的小鳥，飛向回家的路。

看，雨滴落下了，越來越大。窗子上水珠兒連成了水柱，又成了水簾。過道裏，不知誰家的大門發出「咣噹」的響聲。窗前的老樹局促起來，向我探過頭來，彷彿在問：颱風真的要來了嗎？

句式對比

一般句式：窗子上有雨水。

感官句式：窗子上的水珠兒連成了一條條水柱流下來。

感官詞語

車流、水柱、水簾、雨幕茫茫

4. 質感

質感，是指物體表面給人的感覺。它或是粗糙的，或是光滑的，或堅硬或柔軟。而視覺裏的這種質感，有時不需要接觸到物體，往往一看便能知道。比如：「粗糙的水泥牆壁留下了歲月的滄桑。」、「小嬰兒的皮膚光滑柔嫩。」

寫作示範 1

爸爸的手掌

太陽暖暖的，把冬天的山水抱在懷裏，一點也不怕冷。

坐在爸爸的膝蓋上，遠遠地看山，近近地看水，我把臉兒伏向爸爸厚實的胸膛，聽爸爸講故事。

爸爸的故事呀，比河裏的小魚兒多，比山裏的花草密，永遠講不完。爸爸粗糙的大手掌，像一把巨大的太陽傘，把我溫暖地遮掩。紅得晃眼的陽光，亮得扎眼的雲天，從爸爸的指縫裏，一縷縷鑽進我的眼簾。

爸爸的手掌裏，藏了多少故事？那些引人入勝的情節啊，猶如細密的掌紋，數也數不清。

句式對比

一般句式：爸爸用手掌把我遮掩。

感官句式：爸爸粗糙的大手掌，像一把太陽傘把我遮掩。

感官詞語

厚實、粗糙、光滑、柔軟、細密

那夏季的風呀

那是夏季的風，從海邊跑來。

風是什麼樣子的？誰也沒見過。高嗎，矮嗎，圓的嗎？方的嗎？噢，你猜不着！風像一個頑皮的小男孩，從樹枝上溜過，「叮叮噹噹」，撥弄我門前的風鈴。

風跑得好快！你聽見風的笑聲嗎？她像一個活潑的女孩子，穿過稠密的花果園，光滑的，柔軟的，忽地，躲進了我的書枱！

棉絮似的白雲，被風推搡着，簇擁着，一點也不惱。凹凸不平的山路上，那些野花在搖曳；曲曲彎彎的溪澗裏，那些水波在跳躍。那山肩上的夕陽啊，悄悄地，把天空染成柔和的燦黃。

啊，那夏季的風呀！

句式對比
一般句式：天上有白雲。
感官句式：棉絮似的白雲在天上飄浮着。

感官詞語
稠密、柔和、凹凸不平、曲曲彎彎

5. 空間

　　空間，是指環繞在我們四周的範圍。有的空間是可以觸摸到的，有明確的範圍，比如一間課室；有的則不可以，比如宇宙空間。生活中，我們會因空間的大小而產生不同感覺，比如身處狹窄的小屋，會有局促和壓迫感；而置身陽光下的沙灘，面對浩瀚的大海，會有內心舒暢的感覺。

寫作示範 1

魚的車站

　　小弟弟愛乘車，把車兒比作海裏的魚。

　　地鐵站的出口，像大鯨魚的嘴，把好多人吞進去，再把他們一羣羣地吐出來。巴士是一條橫衝直撞的魚，貪食的胃口也不小。那小魚們一尾尾鑽進牠的肚子裏，在擠迫的空間裏實在受不了委屈了，便一條條跳出來。

　　的士就比較靈巧，一會兒停，一會兒走，跑到前，駛到後，剛把一條小魚放下，又咬住了一條大大的魚。

　　媽媽在一旁笑着說：那的士呀，是不是一條挑食的魚？你瞧，牠只揀喜歡的吃，長得瘦瘦的，不健康呢！

句式對比

一般句式：地鐵站口走出來很多人。

感官句式：地鐵站的出口像大鯨魚的嘴，一張口就吐出成羣的人。

感官詞語

遼闊、空曠、廣袤、擠迫、寬敞

岸邊的渡輪

岸邊，渡海小輪慢慢地駛近了。

逼仄的碼頭上遊客早已排好了隊，等候登船。小輪卻不着急，漫不經心地靠岸，停穩了，才緩緩地張開大口，吐出了成羣的遊人。

碼頭上擁擠起來。人們有拖着行李的，有背着背囊的；說話的說話，笑鬧的笑鬧，流水似地朝廣場方向散去。

候船的人們像鳥兒似地，一隻隻跳入船艙。渡海小輪猶如一位久違的老朋友，熱情地把人們擁入懷中。

很快，小輪離岸了。輕輕地，一絲不苟地駛向遠方。

空蕩的岸邊，又恢復了平靜。

句式對比

一般句式：候船的人們登上小輪。

感官句式：候船的人們像魚兒似地，一條條躍入小輪。

感官詞語

逼仄、擁擠、空蕩、海闊天空

示範文章

1. 描寫文

美麗的大海

一直都想去海邊玩，去大海裏游泳。

在暑假的第一天終於成行了！

天空是這樣的藍，太陽是這般的紅，大海是如此廣闊，沙灘上的人啊，真叫多啊，數也數不過來！

心情雀躍，一行人有說有笑。陽光照射在身上，感覺到身體發燙。戴上墨鏡，換上泳衣，去與大海親近吧！孩子們早就耐不住了，抓起游泳圈就向大海直奔而去。只見他們一個個像小魚兒似地撲入大海，嘴裏邊還發出着歡快的尖叫聲。瞬時，那不同形狀的大小游泳圈，有的燦黃，有的翠綠，有的雪白，還有的如彩虹似的，像油畫一般，色彩斑斕地點綴在海面上了。

玩累了，就跑回沙灘。我赤着足，踩在細柔的沙子上。那細密的沙子像緞子似地，在我的腳趾間柔順地滑過。周圍都是說笑的人聲，一些孩子爬上了近處的礁石，追追打打，尖叫聲和笑鬧聲不絕於耳。

沙灘上，悠閒的人們有坐着的，有躺着的。天空上，那飄浮的白雲變化不斷，一會兒像大朵的棉絮，一會兒似慢條

斯理的白馬；一時翩翩如大鳥的羽翅，一時渾圓似年宵的湯圓。而那徐徐的海風呢，溜過海面，滑過礁石，躍過樹枝，撫過人們的臉龐，嘻嘻地笑着，快快地追着，把孩子們逗得一個個不肯上岸，連大人們也似乎忘了回家的時間了。

西天，夕陽依傍着遠山的肩頭，將柔和的光亮投向波光粼粼的大海。浪花在輕歌曼舞着，似乎在說，回家吧，回家吧！

依依不捨，我們啟程。待再一次來到這裏，與大海親近。

文章分析

視覺描寫渾然天成

　　這是一篇優美的描寫文，包含了多種視覺元素——豐富的色彩：從天空的白雲到海面的泳圈；各種形態：變化多端的雲，西下的夕陽和浪花的擬人描述；線條的勾勒：大鳥的羽翅，風躍過樹枝；質感的描繪：那細柔似緞子的沙子在腳趾尖滑過，渾圓似湯圓的天上雲朵；對空間的把握：將海面與沙灘像影視裏的鏡頭一般，逐漸移動。視覺描寫的多方面都涉及到了，卻寫得不露痕跡，渾然天成。

文字靈巧結構完整

　　本文的敍述十分靈巧，行文流暢，彷彿一氣呵成。文章中很少出現主語「我」或「我們」，卻全不覺生澀，倒在簡潔而節奏感極強的表述中，給予人清爽乾淨、俐落如流的閱讀快感。作品從一開始的「來海灘」，到文章結尾處的「踏上歸程」，作者細心地建造起架構，像一座宮殿，完美而自然，令讀者在掩卷之際，仍感餘音裊裊。

修辭多變不露痕跡

　　作者沒有用層疊堆砌的形容詞去表達，而是從景中有情、人融於景的角度出發，以畫面感、甚至文句的節奏感，來帶動文字。你看，那白雲是「一會兒、一會兒」，是「一時、一時」的，前後句式工整，意象紛呈，巧妙地運用了排比句式。而海風呢，則以不同的動詞「溜過、滑過、躍過、撫過」來展示它的動態之美。

好詞好句

感官詞語
描寫大海的詞語：
蔚藍、波瀾壯闊、波濤洶湧、海闊天空、風平浪靜、
波光粼粼、無邊無際、百川歸海

描述白雲的詞語：
雲端、流雲、雲海、浮雲、雲霧繚繞、雲煙翻滾、
風起雲湧、天高雲淡

描寫開心的詞語：
歡騰、愜意、舒心、興高采烈、喜出望外、
喜形於色、喜上眉梢、喜不自勝

佳句積累
1. 初夏的陽光照耀在林子裏，樹葉婆娑，地上映着大大小小的光點。
2. 天氣漸漸地涼爽起來，秋風在樹林裏滑行，一片片黃葉落了下來。
3. 青山被雨水洗浴後，顯得格外綠了。陽光照在樹上，葉子上的雨珠，像珍珠似的閃着光。
4. 黃昏時，太陽斜斜地掛在西邊的雲層上，像一個橙紅色的圓燈籠，一點也不扎眼。
5. 晨風拂來，吹動滿山的綠樹葉兒，在金色的陽光下輕歌曼舞。

2. 記敘文　花國之行

一直想去荷蘭看看，一個被稱為「花之國」的美麗國度！

五月的一天，我們飛到了阿姆斯特丹。一行人似乎無一不是做足了功課的旅行家——只有我，一個小學生，只顧睜大一雙眸子，忙不迭地看向這片令人驚訝的土地。

一大早，我們便從下榻的酒店出來，直奔鬱金香花田而去。一路上，空氣裏飄浮着花的香氣。國家公園裏那些多姿多彩的園林美景，有一種透不過氣來的美，直逼人心。而公園外，是一片又一片色彩變化萬千的遼闊花田。你實在想像不出，鬱金香的品種竟然有幾百種之多。紅的、白的、黃的、紫的……如此芬芳，如此美艷！

沉浸在如雲的花海裏，我想到了畫家梵高，他是荷蘭人的驕傲。彷彿他正在花間田野揮筆作畫，那《向日葵》、《鳶尾花》、《收穫景象》……我們怎能錯過參觀梵高博物館的機會呢！在館裏欣賞完，我們又去了設於館內的書店，並在咖啡廳歇了歇腳。啊，好一段開心時光！

荷蘭的運河多不勝數呢！導遊說，荷蘭是世界上海拔最

低的國家，所以人們疏通河道，築起了堅實的高高堤壩，以阻擋海水入侵。那四處林立的各式風車，日日夜夜旋轉不停。以自然風力驅逐濕氣，風乾土地。現在已是二十一世紀了，荷蘭人仍沿用着這古老的方式。我想起那位大作家塞萬提斯筆下的唐吉訶德，舉着長矛衝向風車，奮不顧身一往無前。這不正是一個民族的內韌精神的象徵嗎？

我們坐上船，欣賞運河兩岸的風光，當地文化與異國風情撲面而來。岸邊是人們普遍代步的自行車，河面上漂浮着舉世聞名的水上鮮花市場。一家家，一戶戶，寧靜而安逸。各色花卉綻放着最美的花容，讓人好不歡喜。

直到返回香港，我仍會時時想起花之國的旅程。依稀間，連那花香似乎也聞到了。

文章分析

描寫有條不紊，不蔓不枝

　　荷蘭具有「天時地利」的獨特的美，在短小的篇幅裏難以說盡。但是作者巧妙地以其語言的魅力，從眩目的花田，到四通八達的運河，還有古風裊裊的風車，寫得如此有條不紊，不蔓不枝。

聯想豐富，享受閱讀快感

　　幾百字的篇幅，既敍述了旅行的過程，又突出了重點活動；不僅談了所見所聞，更加入了文化藝術的聯想。從梵高到唐吉訶德，繪畫與文學一應俱全。字裏行間，我們隨着作者的引導，不僅徜徉在「花之國」的感官享受裏，而且更與內心深處的文學藝術交匯撞擊。

情感飽滿，令人過目難忘

　　記敍文的書寫都會涉及時間概念，文章從旅程開始，到返回香港，首尾照應，手法嫻熟。有人說，記敍文寫得好，要靠用詞和造句。但我認為，文字的優美是與飽滿的情感相聯繫的。閱讀本文，你會感受到作者熾熱的情懷，不知不覺地被文字裏飽滿的感情所打動，所感染。

　　多讀好文，多作體會。相信你也能將內心的感受，如同繪畫一般，展示在你的小小作文本上。

好詞好句

感官詞語

形容天色的詞語：

晴空、湛藍、黃昏、暮色、碧空如洗、晨光熹微、
天色昏暗、暮色沉沉

描寫河流的詞語：

湍急、奔流、緩緩流淌、涓涓細流、清澈見底、
流水淙淙、水花飛濺、一瀉千里

形容風景美麗的詞語：

水天一色、山清水秀、繁花似錦、湖光山色、
春暖花開、百花齊放、萬紫千紅、鳥語花香

佳句積累

1. 汽笛聲中，遊輪離岸而去，就像一匹駿馬，奔騰在
   萬頃波浪的海面上。
2. 夕陽照耀着大地，那溫柔的霞光，給高高的風車抹
   上了一層金色的光環。
3. 滿園盛開的鮮花，芬芳如豔，如同天上下凡的仙
   女，婀娜多姿。
4. 我沉浸在旅途的快樂中，收穫的不只是美景，更是
   心靈自由的滋長。
5. 旅行的樂趣不在於抵達目的地，而在於享受賞心悅
   目的美景。

練習

看到作文題目後，思考一下從視覺的角度出發，有哪些內容可以寫。請將你想到的內容以思維導圖的形式延伸，幫助你拓寬思路。

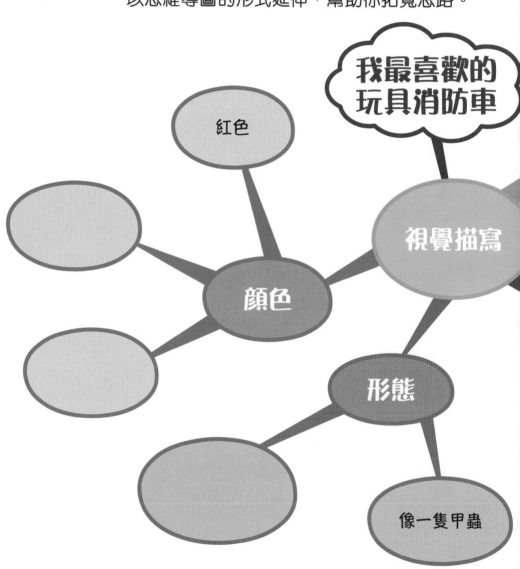

我最喜歡的玩具消防車

視覺描寫

紅色

顏色

形態

像一隻甲蟲

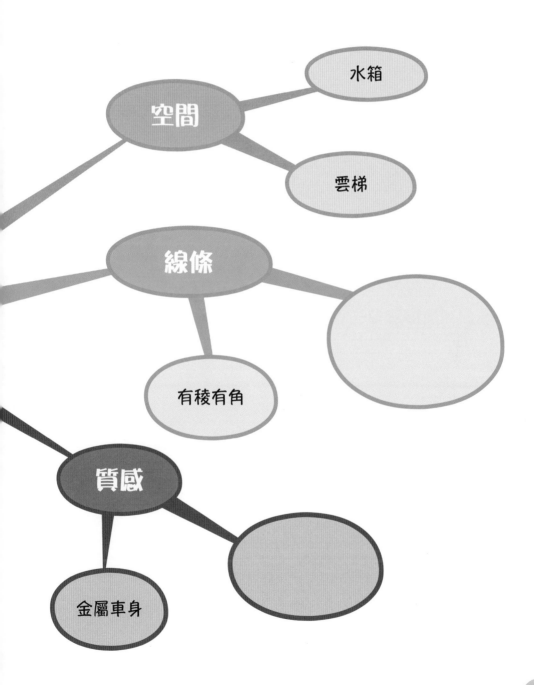

空間

水箱

雲梯

線條

有稜有角

質感

金屬車身

步驟 2　　現在來整理一下你的思路，跟着以下步驟，練習視覺描寫。

我會主要描寫這幾個方面所看到的：

☐ 顏色　　☐ 形態　　☐ 質感　　☐ 線條　　☐ 空間

我用到的詞語有：

_____

_____

我的視覺描寫句子：

1. _____

_____

2. _____

_____

步驟 3　　快取出紙筆，把上述內容整理成一篇完整的文章吧。

第二部分

聽覺描寫

什麼是聽覺描寫？

聽覺，是我們的重要感官之一。我們身外的世界，是被無數聲音所包裹着的，你可以**描寫聽到的聲音**，外在聲音與你內心發生共振，你將之描寫出來，就叫聽覺描寫。

我們寫作最常用的是視覺描寫，把眼睛看到的東西直接描寫下來。但是聽覺……對了，課堂上學過擬聲詞，就是聽覺描寫。下大雨是「嘩啦啦」，天上打雷是「轟隆隆」……

對啊！除了擬聲詞，我們還可以運用其他的方法來表現對聲音的感受呢！有一個詞語叫「繪聲繪色」，「繪色」是指視覺，「繪聲」就是指聽覺描寫啊！

我真希望自己能在寫作時繪聲繪色！我怎麼才能做到呢？

細心觀察，了解事物的特點，透過形象的比喻、聯想，細緻地表現聲音。我們先來想一想，在我們生活中，有哪些方面會用到聽覺描寫呢？

我知道，動物的聲音。小貓、小狗的叫聲……

一般來說，我們可以從以下四個方面來捕捉聲音。

聽覺描寫四方面

1. **自然界的聲音**：例如：流水的「嘩嘩」聲、北風的「呼呼」聲、雷聲、雨聲等。

2. **城市環境的聲音**：例如：汽車喇叭聲、機器的聲音、渡輪的鳴笛聲等。

3. **動物發出的聲音**：例如：小狗「汪汪」、蜜蜂「嗡嗡」、老鼠「吱吱」等。

4. **人羣發出的聲音**：例如：睡覺的鼾聲、走路的腳步聲、菜市場嘈雜的叫賣聲等。

要注意，並非所有的元素都會一併出現在文章中，我們要根據作文的內容合理地運用聽覺描寫。

1. 自然界的聲音

自然界的聲音，是指如水聲、雨聲、風聲等大自然的聲音。像流水淙淙、北風呼嘯、雨聲淅瀝等這類詞語，就是對自然界聲音的描述。它們就像交響樂一般，組成迷人的天籟之音，引人入勝。我們在寫作中，要展現自己捕捉聲音的能力，把握好文字的表現力。

寫作示範 1

我在靜心傾聽

天下起了雨。起初，雨不大，淅淅瀝瀝的，好像誰在搖着一把大扇子，靜悄悄遊逛。須臾，雨滴大了一點，由遠及近，像頑皮的孩童用碎石子兒敲擊玻璃窗，發出滴滴嗒嗒的響聲。聽這耳畔的雨聲，宛若有人在與我低語，輕輕的、溫柔的。頓時，心情有些不同。一直忙碌，竟從沒留意過天地間如此馨香之音。

雨聲漸大，落在院子裏的大樹上，樹葉兒發出歡快的聲響。有風穿梭其間，整個空間在流動。

天地間，我在靜心傾聽。

句式對比

一般句式：夜裏，我聽到了雨聲。

感官句式：寧靜的夜晚，忽然響起一片淅淅瀝瀝的雨聲。

感官詞語

低語、輕快、滴滴嗒嗒、馨香之音

在鄉村

我起了個早,走入鄉村的田野。

天空有大朵大朵的白雲,太陽躲在雲層後,準備噴薄而出。那早起的小鳥亮起了清麗的嗓音,在枝頭上「嘰嘰喳喳」地又蹦又跳。

晨風迎面而來,帶着草葉的氣息,沁人心脾,我不由得深吸了一口氣。風從林子裏飛快地穿過,與樹上的葉子嬉戲,樹葉兒「沙沙沙」地發出愉快的聲響。

我快步前行。不知哪來的一條小溪,從山腳下流過,水流涓涓。那水珠兒遇着石頭,便彈跳起來,發出細微的聲響。

這鄉村的早晨!

句式對比

一般句式:風吹動樹葉。

感官句式:風吹動着樹葉兒,發出沙沙的聲響。

感官詞語

悅耳、婉轉、嘰嘰喳喳、餘音不絕

2. 城市環境的聲音

城市，除了給人多彩繽紛的視覺形象外，也有着它自身獨特的聲音系統。地鐵、巴士、渡海小輪，城樓上報時的古鐘聲、市場裏的嘈雜聲、工房裏的操作聲……書寫城市環境的作文，當然離不開對城市裏聲音的描寫。

寫作示範 1

火車匆匆匆匆

我的家靠近火車站。火車像一條大龍，每天都「匆匆匆匆」地遠遠駛過。

它總是那麼準時，飛快地來，又疾速地走。伴着清風，沐着陽光，它總是精神抖擻，不吵也不鬧。

「叮咚」開門了，它告訴你到站啦，要小心門縫！

「叮咚」門關了，它提醒你小心，別被夾着衣衫！

上學了，我乘火車而去；放學啦，我搭火車而歸。我朝火車揮揮手，再見火車，我的好朋友！

句式對比

一般句式：火車駛入車站。

感官句式：火車嗚嗚地鳴叫着，駛入了車站。

感官詞語

叮咚、嘩啦啦、叮鈴鈴、汽笛嘟嘟

叮叮車外的風景

　　我坐上「叮叮車」去姑姑家。平時上學都搭地鐵，男生們對慢騰騰的古老電車，總抱有「敬而遠之」的態度。

　　而我卻時而嚮往。

　　從筲箕灣到上環的西港城，橫貫整個港島區。據說這電車已有一百多年的歷史了。人們在追趕時間，由慢到快。可不知怎地，我的內心卻在渴望「慢」，渴望停一停。

　　電車「叮叮」地慢駛着。車窗外是鱗次櫛比的樓房，匆匆駛過的計程車、好脾氣的大巴、急不可耐的小巴⋯⋯「嘀嘀嘀」的紅綠燈旁，是世界各地的遊客和行人。

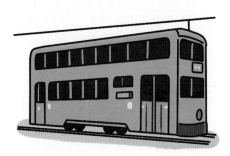

　　叮叮車外的風景，像電影似地，慢慢走過我的視線。

句式對比

一般句式：交通燈亮起了綠燈。

感官句式：行人路旁的交通燈「嘀嘀嘀」地亮起了綠燈。

感官詞語

喧嘩、喧鬧、嘈雜、笑鬧聲

3. 動物發出的聲音

動物在我們的筆下出現時，我們一定會描寫動物的聲音，這就必不可少地會用到「擬聲詞」。比如：小羊「咩咩」，小狗「汪汪」；小雞「唧唧」，老牛「哞哞」等，很有趣吧？

擬聲詞，又叫象聲詞、摹聲詞或狀聲詞。準確地運用擬聲詞，會使我們說話和寫作，更加生動形象。

寫作示範 1

熱鬧的夏天

暑假，我去了鄉下表姐家。

早晨，池塘裏一片「呱呱呱」的聲響。什麼聲音？表姐說：「那是青蛙在叫呢！」我腦子裏立即跳出一個穿綠衣、鼓着大肚皮、長一對大圓眼睛的傢伙。

午後，天氣有點悶熱。只聽院子裏的大樹上，響起一片蟬鳴聲。我好奇地跑出門去，滿樹的青枝綠葉，卻尋不着蟬的影子，唯有熱鬧的「知了知了」聲，打破周圍的沉悶。「這是在開音樂會嗎？」我的話把表姐逗樂了。

哦，這鄉間熱鬧的夏天啊！

句式對比

一般句式：我聽到了畫眉鳥的叫聲。

感官句式：我聽到畫眉鳥「啾啾」的叫聲。

感官詞語

蟬鳴、聒噪、嘈吵、高聲鳴叫

美麗的小天鵝

第一次，親眼見到天鵝。

以前只在書頁上、電視上見過，而芭蕾舞《天鵝湖》中，那小天鵝的優美舞姿，更是令我記憶猶深。可現在，牠們卻飛到了我眼前，就在近處的湖面上。

已是入冬時節了，在平靜的湖面上，不知從哪兒飛來一羣小天鵝，牠們是來作短暫棲息的嗎？只見牠們舒展白色的羽翼，自在地遊弋着，對於附近的人的驚訝聲，一點也不害怕。牠們一時引翅拍水，一時用喙覓食，姿態優雅，不卑不亢，不時地發出「嗚哦嗚哦」的叫聲，嘹亮而清脆。

美麗的小天鵝，你們從哪兒來，到哪兒去？

近距離觀察，令我好不興奮！

句式對比

一般句式：天鵝降落在湖面上。

感官句式：天鵝優雅地落在湖面上，發出「嗚哦嗚哦」的聲音。

感官詞語

嘹亮、清脆、悅耳動聽、天籟之音

4. 人羣發出的聲音

人會說話，會笑會哭，人的喜怒哀樂，是複雜而豐富的。人所發出的聲音，是有抑揚頓挫的。無論是人的笑聲的高低錯落，哭泣的有聲無聲，還是憤怒時的激烈，都是傳遞人的內在情緒、情感的方式。故此，如何透過文字，從聲音的角度來捕捉筆下人物的感情，展現人物豐富多變的內心世界，這是具有挑戰性的訓練。

寫作示範 1

考試派卷

漂亮的女教師抱着一摞測試卷進來了。她面無表情，雙目冷冰，嘴角微微顫動，大家立即緊張起來——想必這回好多人沒考好！

只見女教師把卷子朝講台上一甩，頓時，桌面發出一聲巨大的聲響，所有的人都像被雷擊了一下似的，都大氣不敢出了。女教師一改常態，她溫軟的聲音變得又尖又細，提高了八度說：「都是怎麼搞的，嗯？複習了沒有？周末都在玩遊戲、看電視？」

她連珠炮似的發問，令到我們誰也不敢抬頭，只有等着挨訓的份兒了。

句式對比

一般句式：考場上有寫字聲。

感官句式：考場上只有紙筆摩擦的「沙沙」聲。

感官詞語

吆喝、怒吼、高亢、沙啞

音樂聲聲

雨後，不知誰人在彈琴。

那樂聲，時而婉轉動人，如山澗涼涼流水；時而澎湃激昂，似大海滾滾波濤；時而哀傷淒婉，如泣如訴；時而緩緩流淌，低迴沉鬱⋯⋯

那是什麼曲子？

我不禁放下手上的書本，靜心傾聽。

忽而，一支輕鬆的樂曲響起，在空氣裏似精靈一般，悠揚飛轉。那樂聲彷彿在說：「多愁善感的你，美麗聰慧的你，你如清晨的果園吐露芬芳，你似傍晚的霞光溫柔嫵媚⋯⋯」

音符在跳動着，充滿了神秘色彩，牽人心魂。音樂，是發自內心的語言呀，它是人類靈魂的聲音！

我的心在樂聲中，振盪起伏。

句式對比

一般句式：我聽到了鋼琴聲。

感官句式：一首輕鬆的樂曲飄入我的耳朵，那樂聲婉轉動聽。

感官詞語

洪亮、尖細、抑揚頓挫、五音不全

示範文章

1. 描寫文 # 維多利亞港

　　一直想去走一回星光大道，看看維多利亞港，欣賞音樂匯演，體會那海濱上空的不肯睡去的夜。

　　我是帶着一羣孩子來的。也許是因着天空飄着微雨，又或是未至遊人如鯽的時節，寧靜的午後，遊客竟不多。近處海浪「嘩嘩」地漾着，青山環抱下對岸的景致，像一位老友向我打着招呼。

　　走在沿海的觀景步道，你想像不出一塊方圓之地，竟井然有序地聚集着諸多名勝：藝術館、歷史博物館、科學館、太空館、文化中心……孩子們在長長的星光大道上「嘰哩呱啦」地雀躍着。記憶翻捲，香港百年電影史如泣如訴，將一則東方傳奇沁入我的心域。孩子們爭着與雕塑合影，在大師們的手印上疊放自己的小手，也將成長的夢寄於其中了。

　　海面上，一艘國際巨輪正在靠岸，發出響亮的鳴笛聲，百舸千帆之間，那古樸的天星小輪仿如一位從古籍中步出的紳士，不卑不亢，氣定神閒。對岸港島的摩天大樓，就像鎧甲鮮亮的將士，又如競技場上的勇者，一個個如此雄偉，這般健美！哦，我認得出，那是中銀大廈、國金中心、香港會

展新翼……

　　夜幕垂落。驀地，激動人心的樂聲不期而至——水上音樂匯演開始了！樂聲高低宏細疾徐作歇，如波如濤滾滾而來。兩岸巍峨的羣落，幻作聲與光交匯的舞台，璀璨的燈海織成一幅完美的城市天際線。它描繪着一座英雄城市的輪廓，也流瀉着她不屈的百年沉浮的訴說。

　　孩子們在嚷：「老師，這就叫東方之珠吧……」「老師老師，今夜有沒有煙花匯演……」

　　我的眼眶一熱。我的心海上空，年年歲歲都綻放着煙花。這英雄的城，豐饒的城。

　　啊，美麗的維多利亞港！

文章分析

布局嚴謹的好文

作者先作遠眺，由遠及近；敍述身邊的觀景道和視線裏的建築物，融入了內心深處的文化滄桑感。再眺望海面及對岸，描寫古船的質樸，廈宇的華美，帶出古往今來時代變遷的歷史感；最後描寫夜晚那獨具特色的城市天際線……如此完整構思，令人不由得拍案叫絕。

聽覺引領全文

聲音如何走進筆下？看，「近處海波『嘩嘩』地漾着」，孩子們「『嘰哩呱啦』地雀躍着」都是擬聲詞的運用，而對岸景致「像一位老友向我打着招呼」，則是以擬人法傳送聲音，而「樂聲高低宏細疾徐作歇，如波如濤滾滾而來」，你直接就聽到那音樂聲了！以「如泣如訴」這一感官詞語，引出香港百年電影史這東方傳奇「沁」入自己的心域，這裏有聽覺。也有視覺生動形象的比喻，來自於內心的感受。

如詩如畫的歌者

人是感情動物，表達內心感情最正常不過了。缺少情感的文字，就會像山失去水流、人沒了血液一樣。所以我們在寫作時，要讓自己投入其中，這篇作品，內在的感情飽滿且細膩；它的敍述語言清爽而準確；而它的畫面感又多麼強烈。在情感、文字、畫面感這三方面，做得非常好。呈現一種寧靜致遠的詩意美，體現一種古典美學的境界。

好詞好句

感官詞語

描述音樂的詞語：

低緩、雄渾、高揚、悅耳、有磁性、淺吟低唱、裊裊餘音、盪氣迴腸、天籟之音

形容氣氛的詞語：

精彩、生動、莊重、熱烈、迴盪、激動、掌聲雷動、死氣沉沉

描寫街道的詞語：

大街小巷、高樓大廈、樓廈林立、車水馬龍、人來人往、熙來攘往、水洩不通、絡繹不絕

佳句積累

1. 動人的樂聲在海濱上空不斷盤旋，籠罩着整個海面。
2. 須臾，街道上的車輛排起長龍，喇叭聲此起彼伏。
3. 長途車在蜿蜒的山路上盤旋而上，不時發出吃力的嗡嗡聲。
4. 夜空綻放起絢爛的煙火，此起彼伏的「隆隆」聲扣擊着我們的心弦。
5. 耳畔環繞着熱鬧的人聲，我也不由自主地隨人羣歡呼起來。

2. 記敍文　新年逛花市

又一個新年來臨了。我已經是高小學生了，可仍是對過年抱着一種新奇的感受。看吧，所到之處，無論大街小巷、大店小舖，到處都有吸人眼球的年貨。五顏六色，花樣百出。聽，耳畔是熟悉的「恭喜歌」，那曲調兒輕快俏皮，你永遠也聽不厭，唱得人一個個喜上眉梢。

做完了大掃除，姊姊把紅紅的揮春貼在門上，又貼上那大大的燙金的「福」字。她端看了一陣，拉起我的手，說：「走，我們逛花市去！」

我興奮地跳了起來。

逛花市，是我和姊姊多年的年宵節目。我們選擇去旺角花墟。這個冬天一點也不冷，給人一種已入暖春的錯覺。晚風在空氣裏流動，行人有說有笑，絡繹不絕。

從旺角地鐵站步出，順道前行，很快就到了。店舖沿街排開，眼前一片花團錦簇、姹紫嫣紅。菊花是最搶眼的，色彩繽紛聚在一起，嘻嘻哈哈地你推我搡；水仙花永遠是亭亭玉立的，少女般矜持着不說話；而百合花呢，一朵朵像在吹喇叭似地；我喜歡蘭花，豐姿綽約，散發幽香，像在對我說

「來來來，捨我其誰？」店舖老闆招呼着客人：這是玫瑰、月季、鬱金香……啊，我的眼睛都顧不過來了。

姊姊在牡丹花前佇足凝視，忽聽她念：「絕代只西子，眾芳惟牡丹」。我不由得笑起來——是唐朝詩人白居易的《牡丹》。意思是，絕色美女要屬西施了，而百花之王，卻唯有牡丹花。我不由得問：「姊姊呀，你應該改修文學專業啦！」

姊姊卻笑而不語，好像在說，享受一首好詩，哪分什麼羣族呢……晚風習習，抱着一懷的鮮花，我和姊姊相依着回家，笑語一路。

文章分析

記敍依時序前行

題目是鮮明的，新年逛花市。讀者馬上明白是寫農曆年的場景了。於是，文章一開篇，就三言兩語直奔主題。抓住人們熟悉的場景，寥寥幾筆，就繪聲繪色地把氣氛寫出來了。從過年掃塵，到出門去花市，從地鐵到沿街排開的花舖，從賞花到抱着鮮花滿載而歸，作者相當完整地記敍了這件事的發生、發展和結果，加上把描寫的對象以擬人手法來呈現，令文章讀來既生動又有趣。

形態和聲音共舞

本文最突出的亮點，在於「花的聲音」及擬人的「動作心理」描寫。如何透過「聲音」來展現，本文作了很好的嘗試。寫菊花時，她們是「聚在一起，嘻嘻哈哈地你推我搡」，這兒有聲音有形態；寫水仙花，她們是「少女般矜持着不説話」，這兒寫出了花的心理；而百合花「像在吹喇叭似地」不僅表現出花的動態美，更彷彿聽到花的聲音；寫到蘭花，她們乾脆就説話了：「來來來，捨我其誰？」這種將聲音與形態結合的文字表現，就把花兒寫活了。

抒情與想像攜手

值得欣賞的是作者的抒情，表面上是隨着記敍的時序在走，實際上卻天馬行空。不僅捕捉住鮮花的品色，逐一讚歎，更是依照鮮花的特質，作出詩歌聯想，將表面的讚花，拉到人文素養方面的提升上。

好詞好句

感官詞語

表現春天的詞語：

時節、踏青、青翠、楊柳、草坡、連綿起伏、
雨意朦朧、細雨紛飛

描寫秋天的詞語：

圓月、皓月、皎潔、秋風送爽、闔家團聚、
花好月圓、秋意濃濃、金桂飄香

描寫人羣的詞語：

歡欣、隨和、健談、魅力、禮尚往來、彬彬有禮、
姍姍來遲、欣喜若狂

佳句積累

1. 古鐘敲響了新年的第一個早晨，我推窗輕語：你
   好，新年！
2. 在紛飛的春雨中，田野伴着「唧唧」的蟲聲醒來
   了。
3. 老人聲如哄鐘，話音裏每個字都鏗鏘有力。
4. 她的音色柔美，歌聲像一條溫柔的溪流，流過我的
   心坎。
5. 一條白色的瀑布，從山崖上飛泄而下，聲如波濤，
   狀似雲煙。

練習

看到作文題目後，思考一下從聽覺的角度出發，有哪些內容可以寫。請將你想到的內容以思維導圖的形式延伸，幫助你拓寬思路。

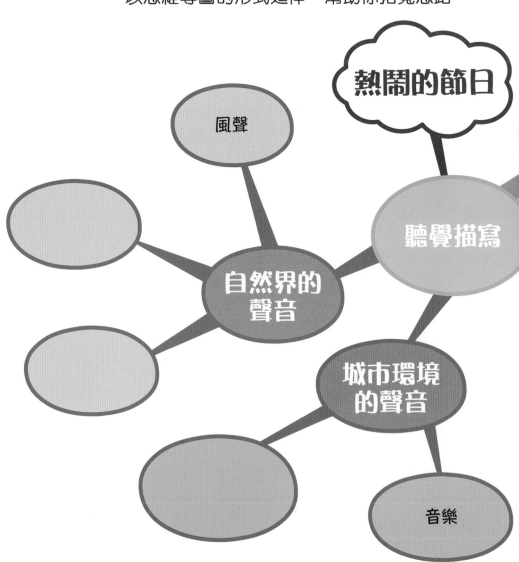

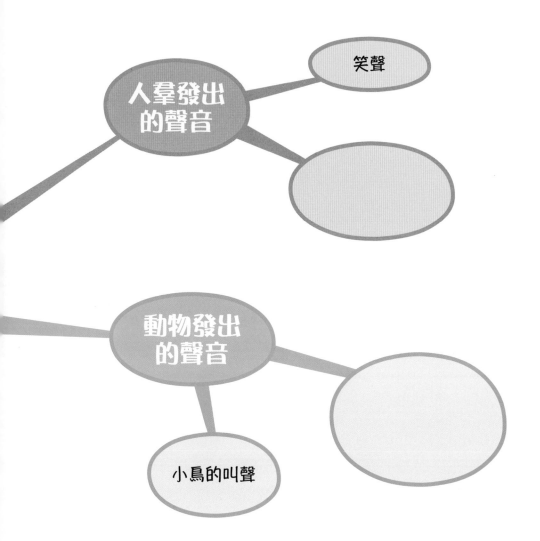

笑聲

人羣發出
的聲音

動物發出
的聲音

小鳥的叫聲

現在來整理一下你的思路，跟着以下步驟，練習聽覺描寫。

我會主要描寫這幾個方面的聲音：

☐ 自然界　　☐ 城市環境　　☐ 動物　　☐ 人羣

我用到的詞語有：

_____

_____

我的聽覺描寫句子：

1. _____

_____

2. _____

_____

步驟 3　　快取出紙筆，把上述內容整理成一篇完整的文章吧。

第三部分

嗅覺描寫

什麼是嗅覺描寫？

現在我們要來談感官描寫的**嗅覺**部分了。

嗅覺就是**鼻子聞到的味道**吧？

對，比如說，加油站的汽油味、魚市場的腥味、廚房的油煙味、化妝品專櫃的香水味、飼養場的臭味……

還有，我外婆用的洗髮水味、爺爺的煙味、姊姊喝的咖啡和茶的氣味……

其實我們人類有非常敏銳的鼻子，我們能聞出生活中的許多氣味。提起嗅覺我們也不得不提到味覺，嗅覺和味覺會相互作用。有人說嗅覺是一種遠感，它是遠距離感受外在事物的感覺；而味覺則是一種近感。就感知能力上來說，嗅覺遠比味覺複雜，據說人可以辨識約一萬種以上的不同氣味呢！

真的呀？我們的鼻子太了不起了！

嗅覺也是動物的主要感覺之一，有些動物雖然沒有很好的視力，卻有相當敏銳的嗅覺。

那麼我們可以從哪些方面進行嗅覺描寫呢？

一般來說，我們可以將嗅覺的感官描寫歸類為以下四個方面。

嗅覺描寫四方面

1. **食物的氣味**：例如：烤肉、剛出爐的麵包、各種菜餚等。
2. **環境的氣味**：例如：加油站汽油味、醫院的福爾馬林味、魚市場腥味、化妝品專櫃的香味等。
3. **動物的氣味**：例如：動物園的氣味、飼養場的臭味、寵物的氣味等。
4. **令人反應各異的氣味**：例如：榴槤的氣味、臭豆腐、魚腥草、刺激性氣體等。

要注意，並非所有的元素都會一併出現在文章中，我們要根據作文的內容合理地運用嗅覺描寫。

1. 食物的氣味

香氣，會影響人們的食慾。烤肉香、鯡魚腥……人的嗅覺似乎能導致人「挑食」呢！不同的人，對氣味的偏好也不一。看得見的食物，我們會描寫；看不見的氣味，則要利用嗅覺描寫來表現。

寫作示範 1

烤紅薯

冷冬季節，走在街頭，忽然嗅到一陣好熟悉的香氣。

「煨番薯！」在家鄉，我們稱之為「烤紅薯」。每當豐收時，紅薯就滿滿地堆在地窖裏。奶奶會換着花樣做給家人吃，烤紅薯是我的最愛。有一回性急，我一口咬下去，竟燙破了嘴皮。我接過小老闆遞過來的紅薯，焦香四溢，掰開來好燙手啊，一股香味兒撲鼻而來，我小心地輕咬一口──

久違了，烤紅薯，家鄉的氣味！

句式對比

一般句式：我們昨晚一起吃了烤紅薯。

感官句式：我們昨晚吃了濃香撲鼻的烤紅薯，
　　　　　回味無窮。

感官詞語

焦香、香飄萬里、香氣襲人、奇香四溢

我愛雞蛋仔

你吃過雞蛋仔嗎？

這可是我最愛的小吃呢！它樣子圓滾滾、胖乎乎的，金黃色外觀還帶着香噴噴的蛋香味兒！從小外婆就喜歡買給我吃，可我卻不知道它是怎麼做出來的呢。直到在一個食物博覽會的活動上，親眼看到了雞蛋仔的做法。原來除了雞蛋，還要加上砂糖、麵粉，還有牛奶，將這些材料拌成汁液，注入一種蜂巢狀的模具中，然後放在火上烤。不一會兒，誘人的香氣就充滿了整個會場！

雞蛋仔的中間是空心的，你一口咬下去，又香脆又彈牙，那滋味真是美味極了，我怎麼能不愛呢！

句式對比

一般句式：我的早餐是牛奶加麵包。

感官句式：早餐，餐桌上，飄着牛奶和麵包的香味兒。

感官詞語

蛋香、果香、酥香、香氣撲鼻

2. 環境的氣味

只要你稍加留意，就可以發現，在我們生活的環境裏，存在着各種各樣的氣味！不管你喜歡也好，不喜歡也罷，它們都會隨時隨地向你突襲而來。比如，加油站的汽油味、市場裏的魚腥味，還有酒精消毒液味、廚房油煙味等等。我們生活在多麼奇妙的世界裏，我們被氣味包圍了！

寫作示範 1

衣櫥裏有魔法

媽媽要我自己學習整理衣櫥，順手塞給我一袋白色的圓鼓鼓的球兒。「這是臭丸，也叫樟腦丸。」媽媽說。

我聞了一下，不禁吐了吐舌頭。這是什麼氣味啊，這玩意兒也太難聞了吧？一直以來，所有衣物都是媽媽整理的，穿在身上香香的，原來卻是與這小玩意兒同牀共枕的啊？衣物經過它的陪伴，竟然都像被施了魔法似的，變得既清爽又清香了？

媽媽說這臭丸很重要，既能防蟲，又能除臭！真不能小看這小球兒，原來它躲在衣櫥裏，施魔法呀！

句式對比

一般句式：臭丸的味道太難聞了。

感官句式：臭丸強烈的氣味十分嗆鼻，太難聞了。

感官詞語

清香、嗆人的、嗆鼻的、奇臭無比

能開合的鼻子

跟奶奶去街市。走過賣魚檔時，那垃圾筐裏散發的腥臭味，令我不由得捂上鼻子。肉檔的老伯手起刀落，動作利索，可舖位的味道卻令我不得不退避三舍。我屏住氣快步走，憋得喘不過氣來。心想，桌上的佳餚總是香氣撲鼻，怎麼它們的原始「素材」卻是這麼一些怪味兒啊？

靠近出口處是一個花檔，清香幽幽，總算讓我透了一口氣。麵包店飄來的香味，勾起了我對酥脆薑餅和奶油蛋糕的渴望。我深深地吸了一口氣，忽然想，若是鼻子像眼睛一樣，開合自如，想聞就開，不聞就關，那該有多好！

句式對比
一般句式：魚檔的味道令我退避三舍。
感官句式：魚檔腥臭的氣味撲面而來，令我退避三舍。

感官詞語
酸臭、惡臭、臭烘烘、腥臊的

3. 動物的氣味

　　很多人喜歡動物，但也有人不喜歡。可能其中的原因，就在於動物身上發出的氣味。當我們進入動物園，看見各種各樣的動物時，你就會聞到一股強烈的從動物身上散發的氣味。有的人沒什麼反應，有的人則難以接受，捂着鼻子退避三舍。

寫作示範 1

火紅的駿馬

　　我在一幅畫前駐足。這是一匹火紅的駿馬，渾身毛髮油光閃亮，四蹄騰空，長鬃飛揚，正馳騁在廣闊的草原上。牠宛若霹靂一般，閃過天空；又如海嘯的狂放，席捲大地。牠那響亮的嘶鳴聲，引來遠方疾馳的羣馬。只見蒼茫草原上，千萬馬匹如雲似海，呼嘯奔騰。

　　馬蹄得得，我似乎嗅到了駿馬的氣息帶着草原的味道。一首熟悉的樂曲耳畔響起：美麗的草原，我的家……

　　草原的烈風，拂過我的全身；葱蘢的野草的氣息，撲鼻而來。啊，只短短一瞬，卻像已過千年。

句式對比

一般句式：夜晚可以聞到草葉的味道。

感官句式：夜幕低垂，我聞到田間草葉的清香。

感官詞語

羶味、酸臭、青草香、土腥味兒

請勿辱狗

有人四處作惡，人們咒之：狗東西！旁人卻說：請別侮辱狗！

其實，人們愛狗的理由之一，正是狗的優秀品質：忠誠。不知何故，古代漢語中「狗」的詞彙上百條，其中大多都是貶義詞。如：狼心狗肺、狐朋狗友、雞鳴狗盜……實在令人費解！

我卻認為，狗最值得人們歌頌：卓爾不羣、忠心耿耿；安分守己、忠貞不渝；狗的嗅覺靈敏，追蹤查案，只要牠鼻子一聞，壞人就別想逃啦！

有些愛狗人士，更是喜歡狗身上特別的味道。也有些人注重為狗狗清潔毛髮，沐浴後的狗，像布偶玩具般香噴噴的。

熱愛動物，狗是人類的朋友。

句式對比

一般句式：我的小狗向我跑來。

感官句式：我的小狗帶着熟悉的氣味撲向我。

感官詞語

刺鼻、香噴噴、臭熏熏、臭不可聞

4. 令人反應各異的氣味

一般來說，人們對鼻子嗅到的氣味，不管喜不喜歡，都會有大體一致的認識。比如花是香的，魚是腥的。對嗎？但是，有一些事物，人們對之居然會產生截然不同的判斷。一個說奇臭無比，一個卻說香味絕倫。不知你是不是碰到過呢？比如，超市裏的榴槤、街邊小攤上的臭豆腐。

寫作示範 1

晚餐香噴噴

媽媽重視晚餐，這是每日的家人聚會時光。

桌上的盤子裏，總有三種主色調：雞蛋的黃，蔬菜的的綠，肉類的紅，色香味俱全，組合成快樂的晚餐圓舞曲。媽媽並非廚師，卻勝似廚師。我愛燒肉的焦香，雞蛋的煎香，還有蔬菜的清香。可弟弟卻最討厭蔬菜的氣味，一口都不吃。

人和人的喜好真不同啊！

句式對比

一般句式：我最愛吃美味的蔬菜。

感官句式：我最愛蔬菜的清香，這氣味令我像置身於大自然中。

感官詞語

噴香、煎香四溢、清新撲鼻、鮮香誘人

兒時的記憶

我小時候，是在寧波度過的。記憶中除了有沿屋頂瓦槽流下的雨水、天井裏的大水缸、青石板小路的達達聲、河邊的楊柳依依……還有就是那臭了滿條街的食物了。

為什麼人要吃臭東西呢？我不解，媽媽回答不了我。鄰居王老太吃得有滋有味。一時臭冬瓜，一時臭豆腐；有時是臭菜心，有時是臭茭白……後來，我到了香港，聞到有人吃榴槤的味道，那真的……好臭啊！

可是，好多人都這樣說：聞起來臭、吃起來香啊！人的嗅覺竟然相差這麼遠嗎？

無論是小時候那青石板小巷裏的臭豆腐，還是長大後大都會裏的榴槤味兒，都讓我見識着一個奇妙的嗅覺世界。

句式對比

一般句式：弟弟把臭豆腐放入口中。

感官句式：弟弟樂不可支地把臭氣薰天的臭豆腐放入口中。

感官詞語

霉味、臭味相投、臭氣薰天、惡臭難聞

示範文章

1. 描寫文　四季的氣味

　　地球母親如此美麗多姿，她以四季的更替滋養我們的身心，散發着盈然流芳的香氣，我在四季的時序裏行走。

　　春天，是大地回春的時節。陽光從雲層裏放射出溫暖的光亮，小草破土而出，枝頭吐出嫩芽；花兒在深深的呼吸後，綻出新鮮的花蕾；林子裏，翠竹萌發清香的新枝；田野上，四處浮泛着花草的香氣。大地復蘇了，露出寬厚的笑容。百鳥啼鳴，萬木歌唱。啊，春天的氣息如此迷人！

　　盛夏，是熱烈芬芳的時節。太陽敞開她火熱的胸懷擁抱大地，原野上蒸騰着青紗般的霧氣，野草與花卉喃喃低語，溪流叮叮咚咚地歌吟着，空氣裏流淌着香甜醉人的氣息。那果園飄出了哈密瓜的甜香、蘋果的脆香、香蕉的軟香、西瓜的清香……哦，芳香四溢的水果之香，令每一個孩子歡呼雀躍！

　　秋季，是圓滿收穫的時節。天高雲淡，大雁南飛；泉水清清，紅葉濃濃。草木葱蘢的山間，松林泛起了層層波瀾，草香、松香、果香，縈繞不絕。枝頭上果實纍纍，香飄十里；農田裏一片金黃，稻穀飄香；秋風颯颯，吹落一地黃

葉，泥土飄香，傳送生命輪轉的喜悅。

　　寒冬，是萬木蕭瑟的時節。大地開始了遠征。雪花紛飛，天空將潔白的胸膛温柔地覆蓋在大地之上。北風呼嘯着，敲打每一扇門窗，寒氣逼人，孩子們在爐火旁聽老人講故事。枯葉凋零，鳥兒們全飛不見了，只見那寒梅一枝獨秀，氣度不凡，香絕大地。

　　我在四季裏行走，傾聽大地母親的心跳，深深地吸一口氣，輕輕地吐出，感恩地球媽媽深深的愛。

文章分析

氣味的描述生動

寫作要緊扣主題，這是我們寫作時必須關注的核心。本文是寫四季，大家都知道每一個季節都有許多特點，如何對準焦距？因為不同角度都可以發現不同的美呀！我們看到本文的重點是「氣味」。所以你看，無論是春天的復蘇之香、夏天的熱烈之香，還是秋天的豐收之香、冬季的清冷之香，作者都生動地縈繞「香」字，不僅盡現各季美之特色，又令它們各顯香之神采。

主題句扼要簡明

主題句，就是指文章的核心段落，每段的第一句，都用一個簡短而明確的句子，來概述此段內容。春夏秋冬四個季節，每季的頭一句，都有一句結構相似的話：「大地回春的時節、熱烈芬芳的時節、圓滿收穫的時節、萬木蕭瑟的時節」，這就一目了然地引出了每段的歌頌對象。掌握這個方法，可以揮灑自如，寫出自己最好的描寫文。

段落的劃分清晰

本文的題目已相當明確，談的是「四季的氣味」，因而，整個篇章環繞着「四季」寫了四段，循着「春夏秋冬」的次序，層層延展。再加上引言段和結語段這兩個部分，全文一共六段，是一個完整的、有序的文章結構。結構清晰、文字精練、修辭貼切——是這篇文章的吸引之處，並能令人讀來輕鬆。

好詞好句

感官詞語

用來描述氣氛的動詞：
洋溢着、滿溢着、流露着、飽含着、勃發着、
充滿着、浸透着、表露出

用來描述情感的形容詞：
濃烈的、濃鬱的、靦腆的、強烈的、開朗的、
豪爽的、直率的、温厚的

用來描述四季的詞語：
春寒料峭、春暖花開、夏日炎炎、驕陽似火、
秋高氣爽、金風送爽、冰天雪地、寒冬臘月

佳句積累

1. 清新芬芳的空氣裏，花兒鬥艷，鳥兒爭鳴，這和諧
   的大自然啊！
2. 田野沉睡了，空氣越發清新，沒有月光，只有螢火
   蟲微微的光點。
3. 徜徉在田野間，百花的芳香縈繞在鼻中，令我神清
   氣爽。
4. 秋天來了，秋風中飄來一陣陣濃鬱的果香，我的心
   依似浸在如蜜一般的香甜夢中。
5. 寒冬，北風呼嘯，凜冽的朔風帶來了北方的氣息，
   那是家鄉的氣味。

2. 記敘文　賣麵包的人 ——記一次有趣的活動

在校學習，還沒想過，可以去做賣麵包的人呢！

那是上個周末，學校聯繫了一間大超市，作為我們小朋友接觸社會、了解人生的一次實踐。當得知這消息時，我們興奮得跳起來。大家對如何去賣東西，感到又新鮮又好奇。怎麼售賣？是叫喊，還是「悶聲發大財」？若是收錯了錢，那可怎麼好？老師笑說，這些你們不用操心，我們的重點在於，如何與客人溝通，介紹你的產品，就行了。

「多觀察生活。」老師囑咐道，不忘加一句，「記得哦，回來要寫作文的！」

「哇！」這讓人怎能不用心呢！

我們一進超市，就開始分頭行動。貨架上眼花繚亂的商品，一個個翹首以待，等着我們將它們「待價而沽」。這感覺太奇妙了！

我們幾個被安排在麵包區。麵包太香了。我從來沒想過，原來麵包有這麼多不同的種類。以前只知道麵包香，卻

沒深入細想過呢。瞧，麵包有椰蓉香、有芝士香、有牛乳香，還有紅豆香、綠茶香、芝麻香……售貨員姐姐講解得細心，我們緊張地記在本子上。她介紹麵包的種類、各種口感、貨物要歸位等，我聽得口水直流，好像每一個麵包都跑到我嘴裏來了。當一回賣麵包的人，這感覺真是太刺激了！

　　小朋友個個都想表現出色，都想多賣幾個麵包出去。所以每當有顧客進入時，幾個人就搶着擁上去，噓寒問暖，阿嬤阿伯叫個不停，還把胸前的牌子展示給他們看，怕他們誤會了我們——現在騙子很多，哈哈。顧客們看來很是開心，心甘情願地配合，見他們一個個取了麵包放進貨籃裏，我們真是開心極了。

　　做了一回賣麵包的人。這些天，每當我吃麵包的時候，咀嚼中會產生一種奇妙的感受，那是一種久而彌香的親切感，在心裏久久不散。

文章分析

記敍的時序經過

　　所謂記敍文，就是交代事情的來龍去脈和時序因果，本文有清晰的時間線，使文章讀起來如同親歷事件，作者還將自己的感受投入到事件中，或強烈或消沉；或憤怒或歡笑，邀請讀者一起體會，引發共鳴。

突出重點有條理

　　記敍一件事情的過程，必有它的主要環節，這就要掌握重點。但是，有重點又不能沒有鋪墊，否則會讓人摸不着頭腦。那麼，鋪墊要多少，如何交代事情原委，這些就是我們讀此篇文章時，需要留意和學習的地方。寫作不能拖泥帶水，卻又不能失去細節的描述。細節的生動，對推動劇情和感染讀者作用很大。

一氣呵成自如表達

　　你或許會想「一氣呵成」很難啊！其實就在於「集中注意力」。其實在落筆前，你已知道自己要寫什麼了，記述它，回想它，不就有了事情的輪廓？看，經歷中每一細節，就像小朋友列隊似地，一個個在等你的調遣。你就是指揮官，集中精力想叫哪個出來，所謂一氣呵成，就這麼來的。如文中「我從來沒想過，原來麵包有這麼多不同的種類。」此處便細細描寫了麵包的種類，如「椰蓉香」、「芝士香」、「牛乳香」等等。這些細節已深深印在作者的腦海中，作文時，只要將他們調遣出來，便可令文章更有說服力。

好詞好句

感官詞語

形容人聰明的詞語：

聰穎、乖巧、機靈、伶俐、機敏、才華橫溢、
秀外慧中、聰明睿智

與超市相關的詞語：

擁擠、眼花繚亂、人來人往、生意興隆、貨比三家、
物美價廉、物超所值、獨一無二

形容人的好品質詞：

純潔、善良、堅強、高尚、仁慈、慷慨、正直、忠貞

佳句積累

1. 一靠近超市的生鮮區便會聞到陣陣魚蝦的腥氣，這
味道總是令我望而卻步。

2. 路過麵包店，剛出爐的麵包散發著誘人的香氣，引
得我食指大動。

3. 終於放學了，我立刻衝進了熟食店，深吸一口飯菜
的香味兒，疲憊感便消失不見。

4. 如水的涼風輕輕地掃去白天的喧囂，靜謐的四野，
彌漫着花草的清香。

5. 人聲遠了，月亮從雲層裏浮現，城市籠罩在夢幻般
的朦朧之中。

練習

看到作文題目後，思考一下從嗅覺的角度出發，有哪些內容可以寫。請將你想到的內容以思維導圖的形式延伸，幫助你拓寬思路。

記一次野餐

嗅覺描寫

食物的氣味

香甜

環境的氣味

草木清香

令人反應各異的氣味

動物的氣味

牛糞

現在來整理一下你的思路，跟着以下步驟，練習嗅覺描寫。

我會主要描寫這幾個方面的氣味：

☐ 食物　　☐ 環境　　☐ 動物　　☐ 令人反應各異的

我用到的詞語有：

_____

_____

我的嗅覺描寫句子：

1. _____

_____

2. _____

_____

步驟 3　　快取出紙筆，把上述內容整理成一篇完整的文章吧。

第四部分

味覺描寫

什麼是味覺描寫？

現在我們來談談人的**味覺**。

我們吃東西的時候，有**味道**，就叫味覺。

味覺是我們很重要的一種生理感覺，是感覺食物味道的能力，這種感覺因人而異，影響人們對飲食做出不同的選擇。

生病的時候，人的味覺就不好了。我有一回發燒了，都分辨不了什麼「甜酸苦辣」了——咦，老師，味覺是不是指這四種？

我們通常把味覺歸納為五種，即：甜、鹹、苦、酸、鮮。捨「辣」而加入了「鹹」和「鮮」。

嗯，我想知道，為什麼不包含「辣」呢？

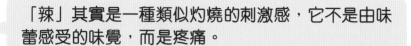

「辣」其實是一種類似灼燒的刺激感，它不是由味蕾感受的味覺，而是疼痛。

原來是這樣！那麼我們一般從哪些角度去描寫味覺呢？

我們通常從以下四個角度，來透視味覺的感官描寫！

味覺描寫四方面

1. **餐桌上的味道**：例如：早餐清淡、午餐簡約、晚餐豐富等。

2. **街邊小食的味道**：例如：雞蛋仔、碗仔翅、砵仔糕等。

3. **自然界滋長的味道**：例如：樹上水果、地裏莊稼、井水等。

4. **生活中特殊的味道**：例如：中藥、西藥、海水、生食魚蝦等。

要注意，並非所有的元素都會一併出現在文章中，我們要根據作文的內容合理地運用味覺描寫。

1. 餐桌上的味道

提起味道，我們首先想到的當然是美味的一日三餐。而無論吃什麼，我們的食物中總有着千變萬化的味道，它們刺激着我們的味蕾，令我們在品嘗中享受美好時光。如果從寫作的角度，談談餐桌上的好味道，一定會引發我們許多的創作靈感呢！

寫作示範 1

媽媽的新廚藝

想不到媽媽竟有這樣的新廚藝，把一碟排骨，做出了廚師級的滋味！

你看，排骨紅油發亮，湯汁飽滿，筷子夾起來時，輕輕一挑，肉就像化了似地落入口中，似乎連嚼都不用，那香味就在口中蔓延開去。媽媽說，排骨是燉過的，配上圓滾滾沾滿肉香的雞蛋，怎不叫人垂涎欲滴呢！

媽媽告訴我，她是從網上學來的。說着，朝我擠了擠眼。既不是油炸，也不是燒烤，連炒鍋也不用，只是用了電飯煲！我朝她豎起了大姆指，媽媽真棒！

句式對比
一般句式：昨天我們吃了深井燒鵝，可好吃了！
感官句式：昨天我們吃了味濃香醇的深井燒鵝，
　　　　　真是十分有特色呢！

感官詞語
湯汁飽滿、垂涎欲滴、滋味無窮、濃油赤醬

我的美味早餐

到了周末，是可以賴牀的。但是，一陣筷子打雞蛋液的聲音，伴着撲鼻的香氣，把我從夢中喚醒了。

我跳下牀去。

果然，勤勞的媽媽已經把我的早餐準備好了。餐桌布置得像個小花園，花瓶裏新插了花枝，一塵不染的桌面上，放着媽媽剛製作好的火腿煎蛋餅——它真是漂亮極了。火腿片的紅顆粒，裹在黃澄澄的雞蛋裏，新鮮的小香葉點綴在小煎餅上，旁邊是兩片紅蕃茄。

坐下，將小煎餅放入口中。啊，酥脆又軟嫩，絕妙的味道。這是媽媽用心製作的早餐，我怎能不多謝媽媽呢！

句式對比

一般句式：我吃完早餐，便上學去了。

感官句式：我吃完噴香可口的營養早餐，便上學去了。

感官詞語

鮮香、美味佳餚、油而不膩、香脆可口

2. 街邊小食的味道

街邊小食，是香港特有的一種文化風景。香港街頭小吃特別多，比如：雞蛋仔、碗仔翅、砵仔糕、魚蛋等等，應有盡有，吃起來風味十足。在這個美食天堂裏，運用味覺描寫可令我們筆下的食物躍然紙上。

寫作示範 1

糖葱餅

周末，與妹妹逛街，平時總會買些街邊小食來吃，雞蛋仔、油炸三寶、砵仔糕，都是我們最喜歡的。

忽然發現了糖葱餅，師傅正在熬煮「糖葱」，香味撲鼻，令人好不驚訝！聽說這是以前潮汕地區的美食，而且快要失傳了呢。

糖葱餅，是「薄餅」夾住「糖葱」來吃的。那白白的「葱條兒」，其實是由麥芽糖製作而成。夾在薄餅裏，再撒上些碎芝麻，咬下去真是又脆又甜又香，美味極了！

妹妹吃了，讚不絕口，說：我們下回再來吃！

句式對比

一般句式：街邊小食店有外賣靚湯，好想喝。

感官句式：街邊小食店的靚湯香氣四溢，令我食慾大開。

感官詞語

可口、大快朵頤、狼吞虎嚥、軟滑香甜

快樂的咖喱魚蛋

　　從前一放學，我們幾個女孩子總喜歡跑去巷子口，買咖喱魚蛋吃。

　　魚蛋經油炸過，黃燦燦的很誘人。本來已是熟的，為了口感更好，店家會將它煮沸，關火浸泡入味。我們看着店家小伙子熟練地操作着，只見他將魚蛋汆水後，撈起放入碗中，加入濃香的咖喱，端送給我們。

　　於是，幾個女孩子嘻嘻哈哈地，圍着小圓桌吃起來。有時，我們會悄悄地耳語，生怕那店家小伙子聽到。

　　那真是令人回味的童年好時光啊！

句式對比

一般句式：你嘗過砵仔糕的味道嗎？真好味！

感官句式：你嘗過香口彈牙的砵仔糕嗎？剛蒸好的砵仔糕，又暖又滑，太吸引人啦！

感官詞語

醇厚、酸澀、口感濃郁、麻辣鮮香

3. 自然界滋長的味道

　　除了我們桌上吃的、街邊買的食物外，別忘了自然界裏那些生機勃勃的味道呢！咦，自然界裏原來也有它的甜酸苦辣的呢！土地上生長起的果樹、地裏的莊稼、水井裏清甜的井水、大海裏掀起的浪花，這些都是有味道的。

寫作示範 1

水果拼盤

　　新年時，表妹一家來作客。我忽生靈感，做一回水果拼盤。你看，家裏有不少水果，橙、青瓜、香蕉、葡萄、車厘子、紅蘋果，甜的酸的，香的醇的，色澤豐富，品嘗水果像欣賞美景！

　　我想到了孔雀。那孔雀開屏的模樣，最是討喜。綠色的青瓜切片做成孔雀的羽毛，黑葡萄點綴在羽毛上，而孔雀的頭部和身子，可以用紅蘋果來完成……看上去逼真極了。

　　當然，客人們的驚訝表情，令我像得了勳章似的，心裏甜滋滋的。大家一一品嘗，對各式水果讚不絕口，歡笑聲中，整個家充滿喜氣。

句式對比
一般句式：水果拼盤的味道真好吃。
感官句式：水果拼盤滋味無窮，既有甜津津的西
　　　　　瓜，又有軟糯糯的香蕉。

感官詞語
甘甜、酸甜可口、汁甜肉脆、津津有味

我家有棵木瓜樹

我家院子裏有棵木瓜樹。

木瓜樹像小白楊似地，筆直挺拔。那樹葉兒，仿如萬花筒變形出來的形態，在陽光的照射下，柔軟而透明。春風吹來，木瓜樹開出一株株白花，陣陣飄香。它的小果實是青綠色的，看着它漸漸長大成熟，變得那麼厚重，金燦燦的很誘人！

輕輕地削開木瓜皮，內裏的瓜瓤軟滑而香甜。切成小塊，加入甜牛奶，別提有多美味了！木瓜有黑色的籽兒，一顆顆珍珠似的發亮，好像在告訴我它可以栽種成木瓜果樹呢，你信不信？

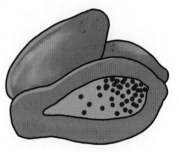

句式對比

一般句式：我最喜歡的水果是鳳梨。

感官句式：我喜歡鳳梨那果液滿溢的感覺，酸酸甜甜，令人回味。

感官詞語

酸溜溜、鹹津津、甜絲絲、甜蜜蜜

味覺描寫

4. 生活中特殊的味道

生活中的滋味是豐富的,桌上的飯菜是香的,生病時吃的中藥湯是苦的,而生吃海魚甚至肉類的民族也是有的。同樣的食物,不同人品嘗出滋味也會不同。生活中的味道,是需要用心去感受的。

寫作示範 1

媽媽的香味

我摟着媽媽,撒嬌說:「媽媽好香!」

媽媽早就習慣我這一舉動了,笑道:「不小啦,都上小學了,還總記得奶香味!」家人都說我小時候,最愛哭鬧。繈褓裏的我,誰抱也哄不住。只可要媽媽抱過去,哭得喘不過氣來的我,喝一口媽媽的奶,便會立即安靜了。媽媽乳汁的味道,我最喜歡。

媽媽的愛很甜,伴着每一滴乳汁,滋味無限。

奶香味,是我割捨不去的永遠的依戀。

句式對比

一般句式:我最愛吃媽媽做的飯。

感官句式:我最愛媽媽牌愛心飯,每一粒米都加入了愛的滋味。

感官詞語

酥香、涼津津、甜絲絲、黏糊糊

苦澀的湯藥

因為生病，看了中醫，媽媽幫我熬了湯藥。

我端起碗輕吹了一下，一股古怪的氣味撲了過來。我不由得皺了皺眉。媽媽連忙說：「良藥苦口，喝吧，快點好起來，就沒事了。」

我抿了一下湯藥。說它是苦的吧，卻有點辣；說它是澀口吧，又有點甘甜。我喝了一口，真難喝！這味道喝起來，就像是燒焦了的廢紙，又像被太陽曬過的臭魚爛蝦。

媽媽笑了：「有這麼誇嗎？你就閉上眼，一屏息，一口氣就喝完啦！」

聽了媽媽的話，照做，果然有效。

我對自己說，身體一定要好啊，再也不與苦澀的湯藥打交道啦！

句式對比

一般句式：我端起湯藥喝了一口，真難喝。

感官句式：我端起湯藥喝了一口，苦澀的滋味瞬間充滿了整個口腔，真難喝。

感官詞語

焦糊、味道寡淡、食不甘味、清淡無味

示範文章

1. 描寫文　午餐的秘密

每天上學，我都帶上媽媽製作好的便當。

其實，媽媽為我準備了什麼樣的午餐，我並不知道。當牀頭的鬧鐘一響，我便像運動員似的從牀上一躍而起，緊張地穿衣洗漱，媽媽早已把早餐做好了，放在餐桌上等着我：熱粥、烤麵包、火腿腸和雞蛋都是我最熟悉的味道。匆匆吃完，便拎起媽媽為我準備好的便當，直奔巴士站。

午餐盒沉甸甸的，它像一個小謎語，在我腦海閃過，謎底只有在午餐時分才可揭曉。最初帶飯盒時，我總會問一句，媽媽，今天的便當是什麼？媽媽總會笑着說，你吃的時候，就知道啦！後來我就不再問了，因為打開飯盒後獲得的那份驚喜，令我的午餐時光充滿快樂。

於是，守候午餐的秘密，成了我與媽媽之間的一種默契。接過媽媽給我的便當，我微微一笑，充滿期待。媽媽總會變着法子做出各式各樣的漂亮飯盒。今天是美味的蒸魚、西芹、油燜茄子，明天是誘人的燒肉、香芋、豆芽菜。再後天是有滋有味的焗雞、薯片、油麥菜，或是鮮蝦、白菜、煎豆腐……小小飯盒，裏面盛滿媽媽巧妙的心思。好看，又好

吃。媽媽還不忘準備一塊小小的巧克力。

　　捧着便當，想像媽媽早早起來，為我用心製作飯盒的模樣，我心裏升起一種說不出的滋味。在媽媽那裏，她細心地照顧我，已習以為常了。在我這裏，卻時時掀起着浪花一般的細微感情。

　　有一天陪媽媽逛街，冬日裏的陽光灑滿長街，我摟着媽媽的胳膊，不由自主地冒出一句：媽媽，多謝你！

　　對我這沒來由的話，媽媽拍了拍我的手：傻囡囡，又不是母親節……

　　我們相依而行。媽媽愛我，我愛媽媽，在我心裏，每一天都是母親節。

文章分析

觀察生活中的細節

　　一個午餐飯盒，寫出母女之間的情感。「我」從一開始問是什麼樣的飯盒，到後來不問了，留待午餐時分揭曉答案，由此寫出母親對孩子的愛，以及女兒的內心波瀾，這就是細節的魅力。食物吃到嘴裏令你回味無窮，而更令人記憶深刻的，則是融入其中的親情。也許你在平時生活中，也有這樣閃念的感觸，它是最寶貴的創作素材！

捕捉生活中的亮點

　　描寫文，不僅僅在於描寫看得見的動作、表情，更要描寫看不見的內心起伏。回憶母親做過多種不同滋味的佳餚，每天的便當都令人期待，內心升起對母親感恩之情。刻畫人物，不僅可以從外表上，更可以從行為上、從內心的感受去刻畫。

學習如何昇華主題

　　每寫一篇作文時，我們都要在心裏有一個念頭，那就是你想表現什麼？也就是説，你想告訴別人什麼呢？我們講一件事，如果只是從頭到尾説一遍，那只能説是記了一個流水帳。而我們如果在寫作前，就有了一個「念頭」，那麼，你寫的作文就不一樣了。這篇描寫文，為什麼寫出令人動容的味道，就在於它昇華了主題。文尾的「媽媽愛我」不是流於表面的口號，而是「每一天都是母親節」的意境提升。

好詞好句

感官詞語

與烹飪相關的詞語：

烹調、炊飯、蒸煮、色味俱佳、真材實料、
煎炒烹炸、清湯寡水、粗茶淡飯

與期待的心情相關的詞語：

期盼、盼望、憧憬、忐忑、指望、想入非非、
翹首以盼、滿心渴望

與關愛相關的詞語：

悉心照料、無微不至、善解人意、問長問短、
關懷備至、呵護有加、噓寒問暖、知冷知熱

佳句積累

1. 打開餐盒，飯香撲面而來。食物還未入口，我的大腦已提前感受到了那濃香的滋味、美妙的口感。
2. 媽媽最擅長煲湯。各色湯料通過小火的煨煮，交融出和諧的味道。喝上一口，鮮香、醇厚！
3. 鮮美的海哲絲清涼爽口，嚼起來格外脆響，令人欲罷不能。
4. 他顧不得體面，狼吞虎嚥地把桌上的剩菜，風捲殘雲般掃乾淨了。
5. 我伏在桌上專心地寫着作文，感受着文字裏的麻辣與酸甜。

快樂兒童節

今天是兒童節，學校組織了好多活動，有朗誦會、有拔河賽、有唱歌、有跳舞。集體活動的最後一項是，在各自課室裏聚餐！

啊，我還是第一次與這麼多同學一起吃飯呢！

我們把課桌重新排起來，原本一行行的課桌，拼在了一起，變成了如同飯館似的大台面啦！大家紛紛把自己帶的食物放在上面，大飯盒小飯盒，長的、方的、圓的，什麼形狀的都有。細心的老師準備了紙杯和小勺小叉，以便大家各自取用，真像小時候的過家家遊戲，太好玩啦！

媽媽給我帶的是紅燒魚塊和滷雞翼；小菲帶的是紅豆糕和蕃茄炒雞蛋；小個子洋洋帶了糖醋排骨和涼拌土豆絲；胖子王雷帶的是日式燒牛肉和肉包子，還帶了一大盒飯團！小雪帶了印尼炒飯，這可是她家外傭姐姐的家鄉風味呢！阿儀竟然帶來香香的甜湯圓，她媽媽說是給同學們吃飯後甜點，不過，這湯圓不帶湯水——她媽媽真細心，是油炸小湯圓，一咬一口香！

當老師宣布說：「我們的聚餐會，現在開始！」同學們

立即開心地四散去，拿起餐具，大塊朵頤地吃起來。大家互相夾菜，爭相推介自己帶的好味菜式。這個說，你嘗嘗我媽做的奶油雞翼；那個說，你試試我爸爸做的煎魚塊。嘗的人一定不忘讚一句：好味好味太好味！

　　這真是一場好特別的自助餐啊！菜式豐富，真叫百花齊放，一點也不比飯店遜色！看着這麼多美味佳餚，老師說，要感謝背後的製作人，我們親愛的父母及家人，多謝親人對我們的支援和愛。

　　活動結束了，我們仍歡笑不斷。

　　這個快樂兒童節真難忘！

文章分析

記敘寫作六要素

記敘文,需要有清楚的時間、地點、人物,並將事情的起因、經過和結果,寫得有條理,讓讀者能知道事情的來龍去脈。如何來呈現這六要素呢,我們不能用公文式話語「時間是某時,地點在某地,人物是某人」這樣表達,而是用流暢的語言去表達,讓它們貫穿在文章之中。如文中開篇便將時間──兒童節;地點──課室;人物──同學們,有序地表達出。

記敘選材很重要

這篇文章是寫同學聚餐,一班幾十人,描寫哪個人物,從哪個角度來寫?這就牽涉到選材的問題。為什麼要描寫人物及所帶菜餚?無論紅燒魚塊、糖醋排骨、滷雞翼,還是蕃茄、土豆絲、紅豆糕,抑或是飯團、肉包子、小湯圓,你都可以看到作者的巧妙心思。食物的色彩和誘人的味道,呼之欲出。這就是寫作細節的表現,它的目的,在於襯托文章的中心──熱鬧與快樂,這樣的描寫,對場面的烘托起到了重要作用。

結構安排多思考

根據文章的中心,確定敘述的角度和側重點,才能更好地表現主題。從活動的背景開始介紹,到桌椅擺放;從大家帶來的不同菜式,到老師一聲令下大家爭相品嘗佳餚;在活動的結束時,不忘感謝活動背後的支持者──這是提升主旨的點睛之筆,只輕輕一筆,便帶出感恩之情。

好詞好句

感官詞語

表現課間活動的詞語：

熱鬧、喧嘩、玩耍、嬉鬧、 談笑風生、有說有笑、
打打鬧鬧、高談闊論

與節日有關的詞語：

期待已久、喜迎佳節、普天同慶、喜氣洋洋、
歡呼雀躍、張燈結綵、門庭若市、鑼鼓喧天

與感謝有關的詞語：

感激、感恩、千恩萬謝、感激涕零、感激不盡、
感恩懷德、謝天謝地、深情厚誼

佳句積累

1. 看着媽媽準備的別有風味的奶油酥餅，我不由精力
充沛，美好的一天從早餐開始！
2. 夜晚來臨。柔和的燈光下，桌上的精緻美食，變得
格外生動起來。
3. 樂聲悠揚，餐廳布置得幽雅溫馨。浪漫的情調融化
了我對美食的渴望。
4. 一進門，香氣撲鼻。雖然考試失敗，但媽媽仍用美
味的晚餐來替我打氣。
5. 我從口袋裏拿出一塊巧克力，剝開包裝紙，輕輕放
入口中，甜絲絲的滋味融化在我的舌尖。

練習

步驟 1　看到作文題目後，思考一下從味覺的角度出發，有哪些內容可以寫。請將你想到的內容以思維導圖的形式延伸，幫助你拓寬思路。

米飯

今天我是小廚師

味覺描寫

餐桌上的味道

街邊小食的味道

咖喱魚蛋

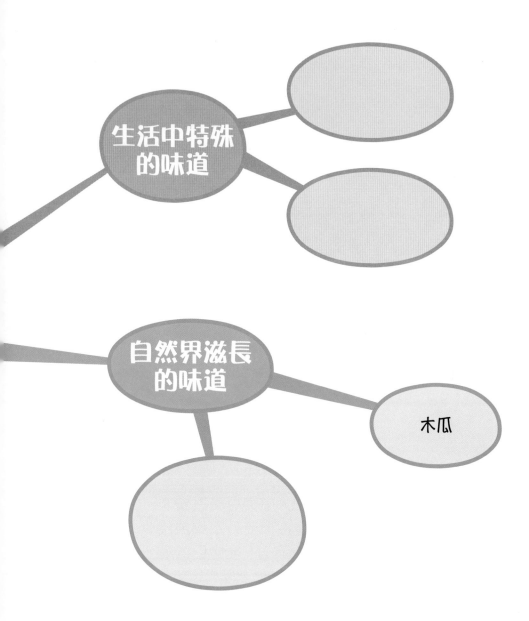

生活中特殊的味道

自然界滋長的味道

木瓜

步驟 2　　現在來整理一下你的思路,跟着以下步驟,練習味覺描寫。

我會主要描寫這幾個方面的味道:

☐ 餐桌　　☐ 小食　　☐ 自然　　☐ 生活中特殊的

我用到的詞語有:

_____

_____

我的味覺描寫句子:

1. _____

_____

2. _____

_____

步驟 3　　快取出紙筆,把上述內容整理成一篇完整的文章吧。

第五部分

觸覺描寫

什麼是觸覺描寫？

老師，我們怎樣從感官角度出發，進行觸覺的描寫？

觸覺描寫，是指透過我們的身體對外在世界的**接觸**，而獲得的感知。

是指我們的手可以摸到的、雙腳會踢到的、身體能碰到的嗎？

是的，手指可以感知物體表面的質地。我們的整個人體，都可以用不同形式去「觸摸」事物，包括對溫度差異的感知，對壓力強弱的感知等等。比如「軟綿綿的」、「冷冰冰的」、「滑溜溜的」、「沉甸甸的」等等。

身上起了雞皮疙瘩也是吧，嘻嘻！

哈哈，一切透過我們身體可以感知、反應的事物，都可以叫作感官描寫啊。

這太有意思了！我想到了一個詞，叫「思緒飛揚」……

一般來說，我們會從以下四個方面來體會觸覺。

觸覺描寫四方面

1. **對溫度的觸覺**：冷熱。例如：冰的、熱的、燙的、辣的等。

2. **對質感的觸覺**：軟硬、材質。例如：石頭、塑膠、金屬等。

3. **對力度的觸覺**：強弱。例如：輕拍、擠壓、撞擊等。

4. **心理與觸覺**：心理反應引起的觸覺感受。

要注意，並非所有的元素都會一併出現在文章中，我們要根據作文的內容合理地運用觸覺描寫。

1. 對溫度的觸覺

我們與外在世界接觸時，會感受到溫度。比如，感受氣候的冬暖夏涼、食物的涼熱燙冰等等。這種感知能力，讓我們與周圍世界互動。例如：隨着外在氣候的變化，來添加或減少衣物；當你進食時，你也會根據自己的喜好，來選擇冰的或熱的食物。

寫作示範 1

夏日炎炎

天氣真熱！你看，火紅的太陽在天空照耀，花園裏的花兒呀，全都被夏日炙烤得喘不過氣來，一個個無精打采地趴了下來。

赤腳踩上院子裏的石階，感覺石板被太陽曬得好燙！額頭冒出了汗珠兒，身上的背心濕漬漬的，真想泡在冷水池裏不出來。打開冰箱，喝下一杯冰水，人舒服了許多。我躲進房間，只覺冷氣機，彷彿也被炎炎夏日烤得全然沒勁了。

蟬兒們卻不知疲倦，「知了，知了」，此起彼伏，唱個不停，彷彿在慶祝這是屬於牠們的天地！

句式對比

一般句式：在沙漠裏行走，天氣非常炎熱。

感官句式：走在烈日下的沙漠裏，一行人熱汗涔涔。

感官詞語

炎熱、炙熱、酷熱、灼熱、悶熱

寒風迎面而來

　　寒冷的冬天來啦，寒風凜冽，陰霾滿天，還下起了雨。香港這塊上帝眷顧之地，從來沒有見過雪，可這天寒地凍的感覺，可能比得上北方的雪天了吧？你看，伸出手去，手指立即像冰棒兒，僵直了！我不得不找出保暖的手套，穿上厚厚的毛衣和外套，再圍上柔軟的羊毛圍巾，才敢出門。

　　一出門，寒風迎面撲來，臉上感覺像細刀子在刺似的。街上所有的人都縮着脖子。啊，這凜冽的風，好厲害！

　　我們回到教室裏，不想再出去。

句式對比

一般句式：今天的天氣好冷。

感官句式：今天北風呼嘯，寒風刺骨，冷得我直哆嗦。

感官詞語

凜冽、朔風、隆冬、天寒地凍、冰天雪地

2. 對質感的觸覺

觸覺，能感受到物質的堅實與柔軟。當我們在野外時，你能感受到山石的堅硬、花草的柔嫩。不僅在大自然中，生活中也一樣。走進教室，伏在桌上，一張桌子、一枝筆，都有自己的質感。觸覺裏的世界，多麼豐富。

寫作示範 1

一覽眾山小

我們順着山路上行，山腳下的泥土是鬆軟的，越往山上登，腳下越感覺到山石的堅硬。山路逼仄，大塊的山石裸露而出。一側是陡壁，一側是山崖。我的小腿肚子有些酸痛，雖然有木質的扶手和梯級，心裏卻免不了微微地發顫。領隊說，離山頂不遠了，我們頓時有了力量。很快，山頂呈現在我們面前。這兒竟如此平坦堅實。我張開雙臂，深深呼吸，蒼翠葱蘢的崇山峻嶺，一覽無遺。

山風殷勤地撫摸我的臉，雲霧溫柔地撩撥我的身。那「會當凌絕頂，一覽眾山小」的詩句，令人無限感慨。

句式對比

一般句式：我爬上山頂，望向遠方。

感官句式：我爬上山頂，腳下踩着堅硬的岩石極目遠眺。

感官詞語

堅硬、堅固、鬆軟、平坦堅實

忽然停電

忽然停電，一下子，大家都慌了。

「怎麼沒通知呢？」爸爸嘟噥道。

來不及怪罪物業管理，趕快取蠟燭來吧。

蠟燭在牀頭櫃裏呢！媽媽說。

我放下碗筷，走向房間。室內黑漆漆的，眼睛一時適應不來，我先是碰到了堅硬的鐵質牀角，又踢到了木頭凳子，最後才摸索到牀頭櫃，拉開抽屜，果然找到了蠟燭！

打火機在灶台上，我走向廚房，隱隱約約間，炒過菜的油鍋和鐵鏟還沒清洗，都在灶台上擱着。經我的手一碰，發出稀里嘩啦的響聲，那油乎乎地黏手的物件，令我一陣噁心。

好不容易點着了蠟燭，舒了一口氣坐下，電燈卻忽地亮了！

哎喲，大家都樂了。

句式對比

一般句式：我摸黑走向廚房。

感官句式：我摸黑走向廚房，行走中撞翻了一個光滑的陶瓷花盆。

感官詞語

潮乎乎、黏乎乎、汗漬漬、光溜溜

3. 對力度的觸覺

當我們的身體和外界接觸時，所感受到事物的力度也不盡相同。襁褓中的嬰兒享受母親的輕拍；成長中的少年喜歡用力擊掌。這些都是對力度的感知。

寫作示範 1

煎年糕

春節時，家人一定會吃年糕。

年糕是糯米做的，呈棗紅色。打開包裝，紅紅的年糕，輕輕摸上去，柔韌而有彈性。媽媽將它切成片狀，拿出雞蛋，「啪」地一聲敲進碗裏。圓蛋黃躲在蛋清裏，被媽媽的筷子「嗒嗒嗒」地一攪，黏黏稠稠地，很快就變成了糊狀，渾黃一片。用筷子輕輕挑起，拉得長長的，忽地，蛋液從筷子上滑落下來。好玩啊！

媽媽笑了。她把沾上蛋液的年糕，往鍋裏一放，只聽「滋」地一陣響，很快就煎成了！咬一口吧，微脆，鬆軟，有彈牙的感覺。香氣滿盈在口，黏黏又甜甜，真好吃呀！

句式對比

一般句式：我咬了一口年糕，好吃啊！

感官句式：我輕輕咬住年糕，它軟糯中帶著彈性，從我牙齒上滑過。

感官詞語

磕打、輕拍、輕踩、砸破

好玩的游泳課

上游泳課，這是多開心的一件事！

可是小胖不喜歡。準確地說，小胖怕水。

上課了，老師在泳池邊給大家作示範。瞧，左一揮，右一拍，展展胳膊伸伸腿，多有趣！大家紛紛跳入水中。撲通，撲通，水花四起。你濺我一臉水花，稀里嘩啦，一點不疼！我撲你一臉水霧，軟綿綿的，癢癢的，真好玩啊！

哎喲，雙手在水面拍打，亂撲騰，手掌有點痛哩！喂，小胖，你怎麼還不下來？看看吧，蛙泳式，狗爬式，浮水，屏息，多好玩啊！可是小胖卻仍是站在池邊，猶猶豫豫。

老師輕拍小胖的背，拉起小胖的手，他才慢慢地把腳探往水裏——清幽幽的，涼爽爽的。

啊，原來水並不可怕呀！

句式對比

一般句式：海風吹過來好涼爽。

感官句式：海風涼爽地吹來，就像母親的手輕輕拂過我的臉龐。

感官詞語

敲打、叩擊、撞擊、推擠

4. 心理與觸覺

當我們談論觸覺時，總會先聯想到外界的事物和我們的身體接觸產生的感覺。其實人的內心情緒波動，也會由內而外地帶給我們觸覺體驗。比如緊張害怕時，我們會心跳加速，這也是一種觸覺。

寫作示範 1

願夢成真

我想長大後當醫生，像我爸一樣。那晚，我還真的當了一回醫生！是夢。一個老婆婆躬着腰過來，說她喘不過氣來啦！我連忙拿起脖子上冰冷的聽診器，去探她的心臟。老婆婆眼睛瞪得老大：「好涼，好涼！你為什麼假扮醫生？」

我慌了，臉上發燙。身上的衣服濕漉漉的，像剛從水裏撈出來。我只好解釋：「我真的是醫生……」

我渾身一抖，忽地醒了。發現被子全踢落在地板上了，難怪我冷！媽媽聽了我的夢，笑道：「這或許是預示夢吧？」

句式對比

一般句式：他從夢中驚醒了。

感官句式：他猛地坐起，滿頭是汗，心撲撲地
　　　　　跳，原來剛才是夢。

感官詞語

痛心、劇痛、灼痛、刺痛

紅蜻蜓風箏

還記得那年與爸爸放風箏。

那是一隻蜻蜓風箏,由紙板、竹子、尼龍線製成。紅身子、長尾巴,好漂亮啊!拿在手上,硬朗朗的,搖一搖,格格響。一飛上天,啊,又高又遠!我覺得就像自己飛上了天!她起起落落,我的心也起起落落。

風箏線緊拽在我手裏,勒得我手指疼。風很大,手裏的線兒越拉越長。忽然,它開始不受控制了,七歪八扭,焦躁不安。我想收回它,可是來不及了,只聽「砰」的一聲,線斷了!風箏消失了!我急了,呼吸也急促起來,冷汗直冒。

我再也沒能找回我的紅尾巴蜻蜓。

偶爾在夢裏,它在飛舞,在蹦跳,在與我的臉頰相碰。溫暖的翅翼,柔軟的尾巴。

哦,我火紅的,會格格響的,紅蜻蜓風箏呀!

句式對比

一般句式:她哭起來了。

感官句式:她眶一熱,淚珠便滾落在她的臉頰。

感官詞語

跌落、墜落、滑落、頓足

示範文章

1. 描寫文　　　炒雞蛋

　　放假的一天，我忽生靈感，想炒雞蛋給下班回來的媽媽一個驚喜。

　　這念頭令我十分雀躍。每天上學，都是媽媽為我準備早餐。媽媽太辛苦了，忙裏忙外。今天我來為媽媽炒雞蛋，來一回大顯身手。

　　我興奮起來。回憶媽媽炒雞蛋時，有雞蛋、葱、鹽。這簡單！

　　打開冰箱，取出雞蛋，備一隻碗。葱要清洗好，切成細段，再將雞蛋敲進碗裏去，就行了。

　　我拿起雞蛋，瞄準了瓷碗的邊沿，輕輕一磕。

　　咦，雞蛋紋絲不動。

　　我頓了頓，再輕擊一下。

　　奇怪，仍沒動靜——這雞蛋沒毛病吧？

　　於是，我加大了力度。這一下厲害，只聽「噗」地一聲，哈，雞蛋開口了！

　　可是，雞蛋並沒有對半分開，而是碎在我手上——也不知是被我敲碎的還是捏碎的。那蛋液「嘩」地一下子全跑出

來了，濺了我一手。黏黏的，滑滑的。有一小片碎蛋殼，還掉進了碗裏去了！

我只好拿起筷子，去撈跌入碗裏的碎殼。可這小碎片黏在蛋液裏，像一條故意搗亂的小魚精，滑來滑去。我的筷子伸過去，它躲向一邊，筷子往前它往前，筷子退後它退後，好不容易將它頂到碗邊沿了，它又從筷子旁逃竄開去⋯⋯乾脆，我一不做，二不休，直接把手伸進碗裏，用指尖壓住它，果然，被我捉出來啦！

我的頭上微微冒汗，整個手心黏黏的。把手清洗乾淨，我開始打蛋液。聽着筷子敲擊瓷碗，發出「打打打」的聲響，心裏有了一些快意。想着，媽媽打雞蛋時，怎沒見她搞到滿手黏乎乎⋯⋯

媽媽回來了，看着我端放桌前的炒雞蛋，蛋有些焦黃，葱倒是翠綠，高興得讚不絕口。我把剛才孤軍奮戰打蛋液的場面，有聲有色地描述給她聽，笑得她前仰後合。

媽媽說這是她吃過最美味的炒雞蛋！

我的臉都紅了。

形象的直接描寫

描寫文重在描寫，就是用生動形象的語言，把所講述的故事內容中的人物或場景呈現出來。通常會用直接描寫的手法，描繪人物的外貌及語言、行為，並展現他們的內心活動。這種直接描寫，也叫正面描寫。本文以第一人稱來講述炒雞蛋這一有趣的事情，用的正是這種手法。

生動的動作描寫

描寫炒雞蛋，從念頭的生起到付諸行動；從輕磕一下、兩下，到重重地敲碎了整個雞蛋；從弄得滿手蛋液，到撈不起蛋殼——文中的每一處筆墨的落下，都描寫得那麼具體、細緻、逼真。尤其寫到小碎片蛋殼在蛋液裏，像小魚精似的游動搗亂，真叫細緻入微，栩栩如生。讀來令人忍俊不禁。

有趣的心理描寫

作品是以第一人稱來講述的，這就需要將心理活動展現得非常自如，運用自己的動作，來不斷推進事情的發展。每一句敍述語言，都十分生動真切地反映了人物性格，也呈現人物的心理，這就令故事讀來趣味無窮了。另外，在「我」揑碎蛋殼狼狼不堪時，提及媽媽為何沒這樣呢，用的就是「襯托」的修辭手法。更突出了「我」的手忙腳亂。

好詞好句

感官詞語

描述物件手感的詞語：

粗陋、毛糙、細膩、光滑、 平滑如玉、柔軟如絲、
粗製濫造、凹凸不平

與做家務有關的詞語：

清潔、洗刷、擦拭、拖地、掃除、一塵不染、
窗明几淨、乾乾淨淨、煥然一新

形容努力的詞語：

竭力、勤勉、奮發、埋頭苦幹、持之以恆、
孜孜不倦、廢寢忘食、用心鑽研

佳句積累

1. 蛋殼被我輕輕磕在碗邊兒，「咔嚓」一聲，出現一條清晰的裂縫。
2. 我學着媽媽的樣子將手掌伸向油鍋的上方，立刻感受到了騰起的熱氣，我知道這時候的油溫剛剛好。
3. 比賽開始前，我忐忑極了，心跳從未這麼快過，感覺像有人用鼓槌在敲打我的心。
4. 朔風勁吹，我縮着脖子，雪花打在臉上，如針紮般冰涼刺骨。
5. 我的生活日記，在鐘錶的嘀嗒聲中，一頁一頁地翻過去。

2. 記敘文　春節的探訪

　　早晨，空氣清新。我們來到了姜婆婆家。

　　臨近春節，學校為我們安排了一次探訪獨居老人的活動。同行的有小曼、麗麗和軒軒，還有張老師。

　　姜婆婆住的是公屋。房間不大，卻挺乾淨的。老人家行動不便，坐在輪椅上。她白髮蒼蒼，精神卻挺好。

　　我們向老人家問好。自我介紹了一番後，我拿出小禮物說：「姜婆婆，我送您這盒護手霜，軟軟的抹在手上，搓一搓手，馬上就暖了，天冷了，您多保重啊！」

　　老人家顯然挺高興，臉色紅潤起來，小曼就接過話去了：「姜婆婆，祝您新年身體健康啊！」說着，她從包裹掏出了一包餅乾，「這是我最喜歡的巧克力口味，您嘗嘗！」姜婆婆笑了，眼睛瞇成了一條縫。

　　這時，麗麗把一幅畫展開在老人面前：「姜婆婆，這是我畫的年畫，您喜歡嗎？」畫面上是兩條活潑的紅金魚。

　　我在一旁說：「麗麗是我們班上的小畫家呢！」

　　姜婆婆驚訝地張了張口，說：「真好真好！是魚啊，年年有餘啊……」

我們一聽都樂了，室內的氣氛活躍起來。軒軒說：「我來吹一支曲子吧，**婆婆請聽**。」他揚了揚手裏的長笛。

　　於是，大家安靜下來。笛聲悠揚，在空氣裏迴旋。笛聲剛落，小曼說：「我來唱一支歌吧！」小曼平時很靦腆，現在卻顯得落落大方。她唱完，就輪到我跳舞了。見小曼唱得自在，我也不局促了。

　　這時，張老師拿出春聯，一個大大的「福」字展示在婆婆眼前。好喜慶的色彩！我們將揮春貼到大門上，紅彤彤的字，映得老人家滿臉歡喜。

　　告別姜婆婆的時候，老人家有點捨不得，拉着我們的手不放。她的手溫暖、粗糙，也讓我想起了我的祖母。

　　我說：「我們下次再來探訪您啊！」

　　原來，小小的走訪，卻能帶給獨居老人許多安慰。這活動真有意義，我內心無限快樂。

文章分析

記敘中的時間

　　記敘文是以寫人物的經歷和事件的發展變化為主要內容的一種文體形式。它特別明顯的是呈現時間的過程，也就是它是怎麼開始、進程、結束的。一環套一環，要呈現出故事的連續性和銜接性，給讀者一個完整的印象。

記敘中的描寫

　　記敘一件事，也要有描寫，否則就成了乾巴巴的記事本了。這篇文章充分展示了描寫上的「觸感」。用軟軟的護手霜搓手是觸覺描寫；老人家開心得臉色紅潤了、笑得眼睛瞇成一條縫、驚訝得張了張口等等，是心理反應的觸感描寫；而同學的靦腆、局促、自在、落落大方等描述，同樣是情感觸覺；最後老人家依依不捨緊拉住手不放，則是力度的觸覺描寫。可多加咀嚼和觀察學習。

記敘中的議論

　　記敘可以穿插議論和抒情，它起到感染人的作用，令作品更有可讀性，並能令作者的創作意念，昇華出來。比如「原來，小小的走訪，卻能帶給獨居老人家許多安慰。這活動真有意義」這就令作品的意念閃出光華了。不再是一篇普通的記敘文，而將「關愛獨居老人」這一深刻的主題表達出來。

好詞好句

感官詞語

描寫老人家的詞語：

謙和、豁達、開朗、健談、穩重、寡言、不苟言笑、
慈眉善目

關於優秀品格的詞語：

堅韌、體貼、寬和、節儉、細心、謙讓、溫柔敦厚、
勤儉持家

表現鄰里親情的詞語：

和諧、溫馨、禮讓、同樂、共榮、街坊、接濟、
左鄰右舍

佳句積累

1. 臨走時，婆婆依依不捨地拉住我的手，她的手掌那
   麼溫暖，那麼有力。
2. 母親的手掌輕柔地拍在我的身上，令病中的我倍感
   安慰。
3. 父母的愛，溫暖的家，是我走盡天涯的風箏線，時
   時牽動我的心。
4. 歌唱比賽開始了，我的心像揣了一隻兔子，怦怦直
   跳。
5. 只聽一聲令下，他從起步線上一躍而起，像一枝離
   弦的箭，射了出去。

練習

看到作文題目後，思考一下從觸覺的角度出發，有哪些內容可以寫。請將你想到的內容以思維導圖的形式延伸，幫助你拓寬思路。

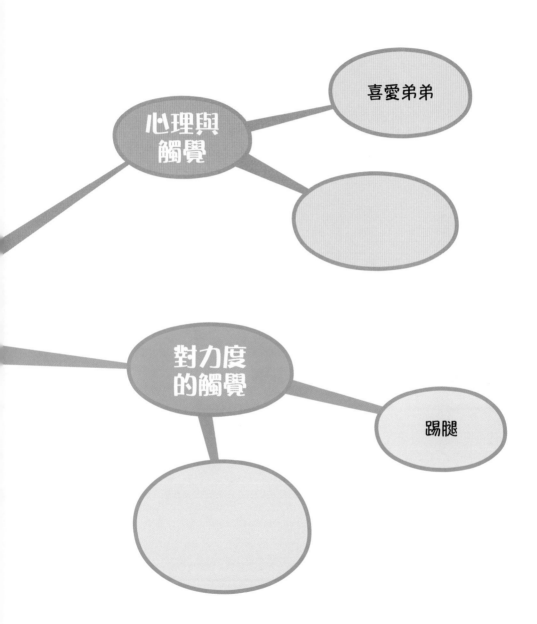

心理與觸覺

喜愛弟弟

對力度的觸覺

踢腿

現在來整理一下你的思路，跟着以下步驟，練習觸覺描寫。

我會主要描寫這幾個方面的觸感：

☐ 溫度　　　☐ 質感　　　☐ 力度　　　☐ 心理

我用到的詞語有：

_____

_____

我的觸覺描寫句子：

1. _____

_____

2. _____

_____

步驟 3　　快取出紙筆，把上述內容整理成一篇完整的文章吧。

第六部分

綜合五感

如何靈活運用五感？

走完了這一趟感官描寫的旅程，真是獲益匪淺呢！整本書給了我心舒氣朗的感覺！

我們從感官描寫出發，走過了**視覺**、**聽覺**、**嗅覺**、**味覺**和**觸覺**這五個部分。

我有一個問題——我們寫作時，是要將這五種感官描寫，分開在每個不同篇章嗎？

不是的。寫作通常是五感並行，不會分開，只是我們在學習描寫手法上，將它們細分開來，逐一體會而已，這是為了使我們對每一種感官的描寫手法有更清晰的認識。

我知道，如果沒有對感官描寫的認識，我們可能只是平鋪直述的記錄，而失去靈動的活力！

說得好！當我們真正投入寫作時，切不要去想，我這是視覺描寫啊，我這是嗅覺描寫啊，而是要抓住文章的核心，即專注於文章的內容，將自己的感官全都調動起來，融入敍述中、描寫中。

但是，會有某個感官描寫的側重點，是這樣嗎？

對的，你理解得非常好。

是否可以給我們一些示範，讓我們進一步來體會？

這主意超棒！下面我們用四篇作品，來給大家示範，如何以其中一個感官為主，輔以其他感官的寫作。

示範文章

1. 描寫文

風景甲天下

趁着暑假，我和家人去了風景甲天下的桂林。

我們入住了酒店。半夜，忽聽窗外雨聲不斷，嘀滴答嗒地敲打着窗玻璃。我不由得擔心起來。早上，掀開窗簾一看，雨停了，天邊亮堂堂的！

我們一行人登上了遊船。只見兩岸峯巒起伏，雨水洗過的山谷，一片青葱翠綠。綠林掩映下的奇山異峯，在雲霧中若隱若現，像是蒙上了一層輕紗似的，給人一種恍若仙境的感覺。

幽靜的山谷之間是寬闊的水流，她像一個活潑清純的少女，沿着綢帶似的江面，一路灑着花香而去。又像一羣剛放學的孩子，嘰嘰喳喳地奔跑着，彷彿要爭着去看街邊的美味小食。悠悠江水清澈見底，你甚至可以看見江底的沙石。太陽照耀下，碧波蕩漾的水面，泛着粼粼的波光。

置身這美妙的風景中，我靜謐的內心世界，像被誰開了窗子似的，全然敞開。眼前這觸手可及的山水，如同一位與我攀談的長者，正向我娓娓地說着知心的話語。我有些感動，情不自禁地向着羣山揚手。

媽媽說，桂林的山水好美，今日置身其間，感覺自己就像被放入了一幅巨大的畫頁中。這兒水有水的温柔，山有山的健美。那山是一座座相連着的，就像牽手而行的親朋好友，又像是哪個能工巧匠扰下的作品，他們各具形態，各顯神韻。有的像嚴肅的將軍，守護在江邊；有的像威猛的大象，在水中漫步；有的像哪位將軍揮出的長劍，直刺天宇；有的像期待歸人的少婦，凝思着坐在水畔。陡峭的山巒上，是成羣的蒼翠松柏；白霧縈繞處，太陽正放射出千萬道祥和之光。

　　此情此景，叫人如何捨得離開？

　　難怪人們說「桂林山水甲天下」，果真名不虛傳！

文章分析

運用順敍的方法

　　本文的敍述，是按照事情發生的先後次序來進行的，這種方式叫順敍法。你看，文章一開始就清楚交代事情發生的地點，並緊接着切入時間。從入住酒店，到聽到雨聲；從進入景區，到經過山水，一直寫到最後的離開景區，寫得十分暢順，一切水到渠成。

感官描寫新穎獨特

　　本文感官描摹的手法非常獨特。從視覺出發的水，像「活潑清純的少女」；觸手可及的山水，像「與我攀談的長者」；而少女「一路灑着花香而去」，那是嗅覺描寫；學童們「嘰嘰喳喳地奔跑着」則是聽覺描寫。作者彷彿要將各種感官描寫，盡顯筆下，以至連孩子們「爭着去看街邊的美味小食」的味覺描寫，也隱隱然飄浮而來。這種多感官描寫的手法，的確既新穎又引人。

形象思維烘托氣氛

　　寫作中發揮自己的聯想能力，可以很好地渲染和烘托氣氛，令景物描寫栩栩如生。作者把一座座山峯，形象地說成是親朋好友之間的牽手而行，這種形象思維，正是來自平時對生活的觀察。那「嚴肅的將軍」、「威猛的大象」、「將軍揮出的長劍」，無一不是來自現實生活中的各種影像映照，這種利用事物之間的相互聯繫，巧妙地描寫，不僅能引發讀者對景物的聯想，更能產生充滿魅力的閱讀效果。

風雨裏的燭光

忽然來了一場大風雨，是什麼滋味？

周末的晚餐，總是豐盛，那都是媽媽精心製作的。肉的嫩，魚的鮮，還有青菜和湯，滿室飄香。家裏的房子小，但十分溫馨。沒有了爸爸，媽媽總是千方百計地，讓我和弟弟得到最好的照顧。

正說着話，忽然天空一個閃電，接着一陣隆隆的悶炮一般的聲音！

下雨啦？

我連忙起身，急急地去關窗。只見馬路上的車，全開了燈，人們在街邊疾疾地走着，有的人開始奔跑。風聲呼呼，伴着淅淅瀝瀝的聲音──顯然，雨點兒已經開始落下了！那雨點兒可不小，豆子般大的顆粒，鞭子似地抽過來，嚇得我「砰」地一聲關緊了窗，這聲音太大，小弟弟正拿着勺子，嚇得一驚，往嘴裏送湯水，灑了一臉。媽媽連忙用他胸前的圍兜，幫他抹嘴。

我不由得大笑起來：「好大的雨！」話音剛落，就聽見陽台上「劈里啪啦」有什麼東西打翻的撞擊聲。

「不好，衣服沒收呢！」媽媽有些着急。

我趕緊去陽台，可是門卻拉不開。那風實在太大了，彷彿有隻大白象似的頂住了門。我從門玻璃望出去，沒看到衣服。只見那放在架子上的盆子，被吹掉在了地上，相互碰撞，發出「丁零噹啷」的聲響。

忽地，電燈滅了，室內漆黑一片。

「啊呀！」我尖叫起來。

媽媽知道我最怕黑了，大聲說：「停電了，沒事，快過來！」

很快，蠟燭就點起來了。

小弟弟一點也不怕，見屋裏一時黑一時亮，以為是玩遊戲，蠟燭上的火苗兒紅紅的，他「啪啪啪」地拍着小手，叫着：「過生日啦！」

我和媽媽都笑了。

燭光閃閃，映着媽媽的臉，暖着屋子裏的一家人。

文章分析

以聽覺為主的風雨描寫

作品主要運用了聽覺描寫。從「隆隆的悶炮一般」的雷聲，到「風聲呼呼」和「淅淅瀝瀝」的雨聲；從嚇得「砰」地關窗，到「劈里啪啦」東西被打翻以及盆子倒地「丁零噹啷」的聲響。無一不生動地描繪出風雨到來的景象。

多角度描寫的相互映襯

對一件事的敘述，若能從多個角度進行描寫，配合使用不同感官的詞匯，會更有畫面感。你看，風雨來臨前，作者用了「肉的嫩，魚的鮮」和「滿室飄香」等嗅覺及味覺的感官詞語，以及「溫馨」這觸覺感官詞語，來襯托室內環境。然後像「豆子般大的顆粒」的雨水，像「鞭子似地抽過來」，風像「大白象似的頂住了門」，停電後「漆黑一片」及「燭光閃閃」等，則是以視覺描寫將風雨之夜的場景呈現出來，讓讀者產生身臨其境的感覺。

新穎的角度提升主題

作品一開頭，就以「忽然來了一場大風雨，是什麼滋味？」這樣一個設問句引出接下來的故事，這本身就是一個好的開頭。在故事的結尾出現的是「燭光閃閃，映着媽媽的臉，暖着屋子裏的一家人」，這一句以呼應開頭，餘香裊裊，令人回味再三。風雨是急切而有寒意的，但是，人間的親情則是最溫暖的存在。結尾提升了主題，令讀者與作品產生情感上的共鳴，而使作品餘味無窮。

燒烤的快樂

假日裏，我們去海邊燒烤。

這是一家海邊燒烤店。室內環境寬敞，窗外風景怡人。一進門，食物的香氣就撲鼻而來，店裏已有人在製作美食了！我們找了一個臨窗的位子坐下，爐子在中間，一家人圍着。媽媽拿出迷你收音機，樂聲悠悠，感覺真是太好了。

侍者很快就將食物送上來了。爐火紅紅，火舌「畢畢剝剝」地跳躍着。爐火上架起着網狀的隔板。食物很豐盛，有雞翼、醃肉片、大頭蝦、切好的魚片，還有各種蔬菜，真叫人眼花繚亂，不知從哪裏下手呢！

媽媽笑說：「你們自己學着製作吧，慢慢燒。」

我和妹妹興奮起來。我最喜歡的是熱狗腸，我把一枝竹籤插在熱狗腸上，再在上面抹了些油，往爐子上一放，只聽「哧啦」一聲響，它便開始有了小小的變形。哈，果真好玩！

我見妹妹正在擺弄雞翼，提醒她道：「你可以在上面蘸些醬呀，選你鍾意的味道！」

我想起妹妹喜歡甜味，就立即把甜醬遞給她。妹妹用刷

子蘸上醬料，便往雞翼上抹。媽媽在一旁哈哈笑：「那是辣椒醬呢！」

哎喲！粗心的我！我拍了拍腦門。

妹妹叫起來：「我怕辣呀！」

「不要浪費食物，」爸爸笑道：「給我吧，我最愛辣！」

正說着，忽然聞到一股焦味——啊呀，我的熱狗腸！光顧着說話，我忘了將熱狗腸翻轉一下，現在它黑乎乎地全糊啦！

我皺起了眉。爸爸連忙說：「沒關係，只要將焦糊的剝去，仍可以吃。」果然，我咬了一口。好香啊！嘗一回烤焦的熱狗腸，哈，別有風味喔！我舉起了大姆指。

大家都樂了。

空氣裏飄浮着食物的香味兒，快樂洋溢在四圍。在我的感覺裏，這快樂是雙重的，有食物的美味，更有親情的溫馨。

文章分析

選材角度及構思新穎

　　這是一篇以嗅覺和味覺為主的文章。本文描寫的是一次家庭燒烤會，聚焦的食物是熱狗腸。事情的起因是哥哥為了幫助妹妹而分了心，忘了照看自己的食物，而令熱狗腸烤焦了。故事中文章環境描寫、人物對話以及事情經過，落的筆墨都恰到好處，沒有多餘或累贅的成分，似一氣呵成，讀來十分有趣。

找準感官描寫的重點

　　我們可以看到，文章中嗅覺和味覺是重點描寫的感官元素。妹妹喜歡「甜」味，卻誤蘸了「辣」醬。父親則攬過來吃，説「我最愛辣」來替兄妹解圍。而哥哥的熱狗腸卻因分心而被燒糊了，「黑乎乎」的全是焦味。這裏的感官描寫，十分生動有趣。感官不需要多，恰當為佳。

以富寓意的議論作結尾

　　文章的結尾，從餐廳「空氣裏飄浮着食物的香味兒」，寫到「快樂洋溢在四圍」。提升了本文的主旨，「這快樂是雙重的，有食物的美味，更有親情的温馨。」淡淡的一句議論，卻富含真切的情感，照應了全篇，令人回味。這就如同一首優美的樂章，雖是結束了，卻能餘音繞樑。學習這種手法，能令我們的作文寫得更好。

沙灘上的城堡

知道嗎，我和妹妹建造過一座城堡呢！那是在海邊金色的沙灘上！

暑假的一天，爸爸約了友人，還有我們一家人，一起開車去海邊度假。大人們帶足了裝備，什麼太陽傘、游泳衣，還有防曬霜、礦泉水、小食等等一應俱全。我和妹妹則念念不忘地帶上了小鏟子、小耙子、塑膠桶，連小凳子也帶上了——我們早就等着玩堆沙的這一天了！我們要建一座最漂亮的迷你城堡！

好激動啊！大海非常遼闊，波浪陣陣。太陽在天空照耀，海面上飛翔着白色的鳥兒。大人們笑着叫着向着大海撲去。原來大人開心起來也跟小孩子一個樣！我跟妹妹則全部注意力都在沙堆上。

我們蹲下來，興奮地扒起了沙子。城堡的底座是方形的，上面豎起圓形的堡壘。那塔柱上放上圓球形狀的小沙球！妹妹坐在小凳子上，細心地把沙子捏成小沙球。可是她怎麼也捏不實。我笑起來：「不夠濕呀！」妹妹這才恍然大悟，笑聲格格。

我提起小桶跑向大海。海水淹過我的腳面，涼爽極了。我赤腳踩着海水，開心得又蹦又跳，腳下發出啪嗒啪嗒的響聲。妹妹也跑過來，我們在沙灘上追逐。細沙柔軟地在腳趾間滑過，癢癢的，刺刺的。

　　我們的堡壘建得很順利，滿滿的一桶細沙，被水一浸，結結實實的，像混凝土一般堅實。底座形成了，階梯形成了，還有樓道，還有房廳，太好玩了！妹妹還用五顏六色的貝殼，點綴着城堡的四圍。我們坐在沙灘上，一邊吃着香脆的薯片，一邊欣賞着這辛苦建成的城堡，好開心啊！

　　不知不覺，太陽已經西斜了。大人們在催着回程。他們對我們的小城堡讚不絕口，可我們心裏卻有幾分遺憾，因為辛苦所建的城堡卻帶不走啊。爸爸幫我們拍了好幾張相，我們才戀戀不捨地離開了沙灘。

文章分析

開篇點題以引出下文

　　本文一開篇，第一句話就出現了點題的句子。題目是《沙灘上的城堡》，文章以「我和妹妹建造過一座城堡」開頭，引出下文。這種一落筆就入題的方法，叫作「點題法」。緊扣標題，為全文定下敍述的方向，就能一下子抓住讀者的注意力。作文點題的方法有多種，它可以出現在篇首，也可以出現在篇中或篇尾。

以觸覺為主的多感官描寫

　　我們知道，所謂多感官描寫，就是在描述某一場景或事物時，盡可能多地使用不同的感官進行描寫。比如說，本文在描述對大海的感覺時，是運用觸覺來表現的。「海水淹過我的腳面」、「赤腳踩着海水」、感覺海水的「涼爽」、細沙在腳趾間「癢癢的，刺刺的」等等，都是觸覺描寫，同時又配合以「啪嗒啪嗒」的踩水聲的聽覺描寫、海面的白鳥等視覺描寫。

景物描繪以烘托心情

　　文中第三段開首的感歎句「好激動啊！」渲染氣氛，引出對大海的讚歎。當你心情好的時候，看見什麼都美好，大海「波浪陣陣」、「太陽在天空照耀」、「海面上飛翔着白色的鳥兒」。這種對自然風景的描述，就是為了表現人的快樂心情，這種寫法就叫「烘托」。作者還從味覺和視覺的感官出發，烘托心情——他們「坐在沙灘上」，「吃着香脆的薯片」欣賞着「辛苦建成的城堡」，這令本文主題更加鮮明突出！

練習

看到作文題目後，分別從視覺、聽覺、嗅覺、味覺、觸覺這五個角度思考，看看有哪些內容可以運用到感官描寫。請將你想到的內容以思維導圖的形式延伸，幫助你拓寬思路。

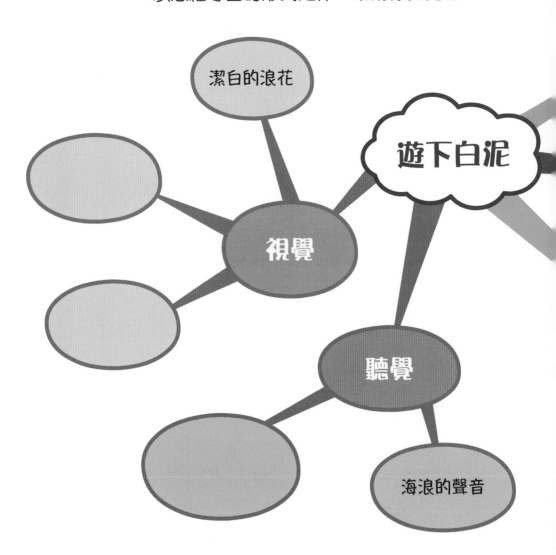

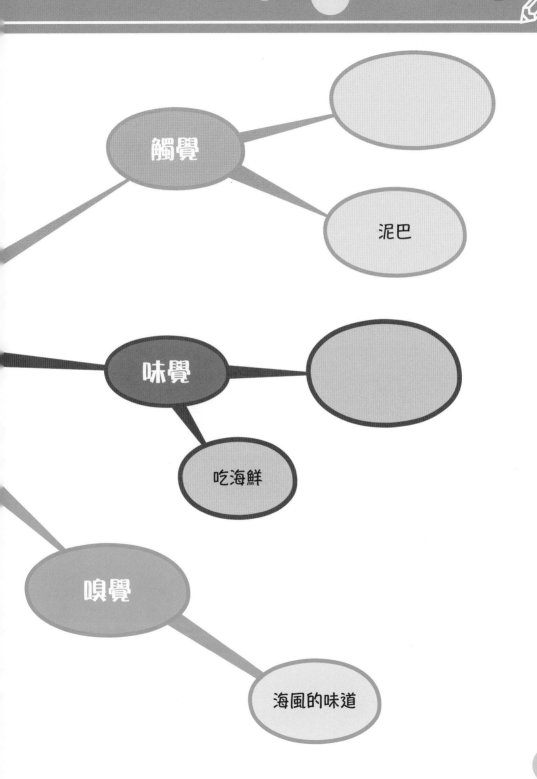

觸覺

泥巴

味覺

吃海鮮

嗅覺

海風的味道

現在來整理一下你的思路，跟着以下步驟，練習感官描寫。

我會主要描寫這幾個方面：

☐ 視覺　　☐ 聽覺　　☐ 嗅覺　　☐ 味覺　　☐ 觸覺

我用到的詞語有：

_____

_____

我的感官描寫句子：

1. _____

_____

2. _____

_____

快取出紙筆，把上述內容整理成一篇完整的文章吧。

什麼是通感？

五感描寫，在文學上有一個概念，就是通感。

什麼叫通感呢？指的是人的視覺、聽覺、嗅覺、味覺、觸覺，這幾種感覺是可以互相打通的，這個概念最早是由著名作家錢鍾書先生提出來的。其實，詞匯裏就有通感。比如，視覺裏，顏色詞裏有觸感：「火紅」、「雪白」、「暖色」等；聽覺裏，聲音詞裏有形象，比如「怒吼」、「笑罵」、「美言」等；表示溫度觸覺的詞，比如冷和暖等，可以有味道、重量、顏色，如「溫厚」（溫與厚度）、「冷淡」（冷與淡味）、「赤熱」（熱與赤色）等等，諸如此類。

因而，當我們在學習時，不妨留意一下這種有趣的現象——具有通感意義的詞語。在寫作文時，你除了懂得用感官描寫事物，令自己妙筆生花，也可以嘗試用通感的語句啊！比如：「她笑得很甜」，「他冰冷的目光刺痛了我的心」，「春風迎面而來，溫柔地擁抱着我」等等。

名作仿寫

老師，我想知道，日常學習中還有什麼方法可以幫助我們提升寫作能力呢？

你這一說，我想起一個很有效的方法，就是**仿寫**。我們可以對名家經典作品進行仿寫，既能學習名家的寫作思路，也可以提升自己的寫作技巧。

我腦中立即閃出著名作家朱自清的《荷塘月色》，好作品總是令人難忘的。但是每一個人心裏都有屬於自己的月光和荷色呀。朱自清寫了他的荷花，他的月色，他的時代。不如我們實踐一下，對部分句子進行仿寫，完成一篇屬於我們自己的文章吧！

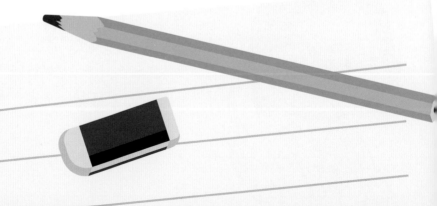

從名家篇章中摘抄句子。

摘抄自:朱自清《荷塘月色》

1. 荷塘四面,長着許多樹,蓊蓊鬱鬱的。

2. 葉子出水很高,像亭亭的舞女的裙。

3. 層層的葉子中間,零星地點綴着些白花,有嬝娜地開着的,有羞澀地打着朵兒的。

4. 月光如流水一般,靜靜地瀉在這一片葉子和花上。

5. 微風過處,送來縷縷清香,彷彿遠處高樓上渺茫的歌聲似的。

6. 薄薄的青霧浮起在荷塘裏,葉子和花彷彿在牛乳中洗過一樣。

摘抄的過程也是一種學習,在抄寫的過程中體會名家的用字、用詞。當你要自己創作的時候,便有了模仿、學習的對象。接下來試試看仿寫這幾個句子吧。

步驟 2　仿寫摘抄的句子。

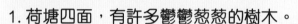

仿寫朱自清《荷塘月色》中的句子。

1. 荷塘四面，有許多鬱鬱葱葱的樹木。

2. 荷花的葉子大片大片的，就像少女們飄逸的裙襬。

3. 是荷花盛開的時節，一朵朵荷花，有怒放的，也有微開的，有嫋娜地舞蹈的，也有含蓄地躲閃的。

4. 陽光像瀑布一般，熱烈地浸浴在這美麗的荷塘，吻着每一朵荷花。

5. 風吹過樹梢，將淡淡的荷香送向遠方。

6. 透明的陽光多情地擁着荷花們，粉色的花兒，純淨如洗。

仿寫的句子已有你的個人風格了。再進一步，不如拿起筆來，以「荷花」為對象仿寫文章吧！

步驟 3　　嘗試仿寫文章。仿寫時不一定把仿寫的句子放到文中，可自由發揮創作。

池塘觀荷

每當放暑假時，我就去內地的表哥家。他家附近有一片很大的池塘。夏季，正是荷花盛開的時節，一池的荷花，真是美麗極了。

我從小路繞過去，這個荷塘的四面，都是鬱鬱蔥蔥的樹木。池塘裏的荷花大都是粉色的，有的深，有的淺，綠色的荷葉大片大片的，就像少女們的裙襬似的，而荷花就像仙子，在風中搖曳。

那陽光就像瀑布似地，熱烈地擁抱着一池的荷花，吻着每一片綠葉。微微清風從樹梢吹過時，那淡淡的荷香沁人心脾。

抬眼看，隱隱可見遠處山脈起伏，近處有翠綠的竹林，有一些孩子在林子裏玩耍。風中，那河道旁的楊柳樹輕輕舞蹈，這景象多麼令人心曠神怡，耳畔我彷彿聽到樹枝上的蟬聲，還有農家田地裏的蛙聲。

這一回的池塘觀荷，令我印象深刻。

新雅中文教室

感官描寫學作文

作　　者：韋婭
插　　圖：Monkey
責任編輯：張斐然
美術設計：張思婷
出　　版：新雅文化事業有限公司
　　　　　香港英皇道499號北角工業大廈18樓
　　　　　電話：（852）2138 7998
　　　　　傳真：（852）2597 4003
　　　　　網址：http://www.sunya.com.hk
　　　　　電郵：marketing@sunya.com.hk
發　　行：香港聯合書刊物流有限公司
　　　　　香港荃灣德士古道220-248號荃灣工業中心16樓
　　　　　電話：（852）2150 2100
　　　　　傳真：（852）2407 3062
　　　　　電郵：info@suplogistics.com.hk
印　　刷：中華商務彩色印刷有限公司
　　　　　香港新界大埔汀麗路36號
版　　次：二〇二二年五月初版
　　　　　二〇二四年六月第三次印刷

ISBN : 978-962-08-8024-7
© 2022 Sun Ya Publications (HK) Ltd.
18/F, North Point Industrial Building, 499 King's Road, Hong Kong
Published in Hong Kong SAR, China
Printed in China